btb

Buch

1954, eine Insel an der Nordwestküste der USA: Der Lachs-
fischer Kabuo Miyamoto, japanischer Abstammung,
wird des Mordes an seinem Kollegen Carl Heine angeklagt.
Die beiden Männer kannten sich seit ihrer Kindheit; früher
waren sie Freunde, dann verwandelte der Krieg sie in bittere
Feinde. Ishmael Chambers, der Redakteur der einzigen
Zeitung der Insel, sucht nach den Hintergründen des Verbrechens. Die Aufklärung des Mordes wird für ihn eine Ausein-
andersetzung mit seiner eigenen Vergangenheit, denn seine
Jugendliebe Hatsue ist die Frau des Angeklagten. Bei der
Spurensuche stößt er aber auch auf die verborgenen Ressen-
timents zwischen Amerikanern und Japanern, die während
des Krieges in offenen Haß umgeschlagen waren und in der
Nachkriegszeit tiefe Narben hinterlassen haben.

Neben dem Drehbuch zum Film mit Ethan Hawke und
Max von Sydow in den Hauptrollen enthält dieses Buch
ein Gespräch mit Regisseur Scott Hicks, ein Vorwort der
Produzentin Kathleen Kennedy und neben Standbildern
aus dem Film auch viele historische Aufnahmen.

Außerdem bei btb als Roman zum Film der
Bestseller von David Guterson:
Schnee, der auf Zedern fällt (72534)

Ron Bass und Scott Hicks

Schnee, der auf Zedern fällt

Drehbuch nach dem Roman
von David Guterson

Mit Kommentaren von
Scott Hicks und Kathleen Kennedy

*Aus dem Amerikanischen
von Gerald Jung*

btb

Die Originalausgabe erschien 1999 unter dem Titel
»The Shooting Script: Snow Falling On Cedars«
by Newmarket Press, New York.

Fotonachweise:
David James: S. 174, 180, 181 (rechts), 185, 186, 187, 189 (rechts),
191, 193, 194, 196, 197 (rechts), 198 (rechts), 201, 207
Doane Gregory: S. 181 (links), 182, 183, 189 (links), 199, 202,
205, 208
Concept Arts: S. 6, 177, 179
Das Copyright der Archivphotos wird auf den entsprechenden
Seiten genannt.

btb Taschenbücher erscheinen im Goldmann Verlag,
einem Unternehmen der Verlagsgruppe Bertelsmann GmbH.

1. Auflage
Deutsche Erstveröffentlichung März 2000
Umschlaggestaltung: Design Team München
Umschlagmotiv: 1999 Universal Studios Publishing Rights,
a Division of Universal Studios Licensing, Inc.
All rights reserved
Satz: Uhl + Massopust, Aalen
MD · Herstellung: Augustin Wiesbeck
Made in Germany
ISBN 3-442-72533-X

Inhalt

Schnee, der auf Zedern fällt

DER FILM

Auf der Grundlage von David Gutersons gleichnamigem Roman entstand die Verfilmung von *Schnee, der auf Zedern fällt* im Zusammenwirken eines hochkarätigen Produktionsteams: der bereits einmal für den Oscar nominierte Regisseur Scott Hicks, die Produzenten Kathleen Kennedy *(E.T.- Der Außerirdische, Die Farbe Lila)* und Frank Marshall *(Jäger des verlorenen Schatzes, Falsches Spiel mit Roger Rabbit)*, Kameramann und Oscar-Preisträger Robert Richardson *(JFK)*, die Oscar-nominierte Produktionsdesignerin Jeannine Oppewall *(L.A. Confidential)* sowie Drehbuchautor Ron Bass *(Rainman, Die Hochzeit meines besten Freundes).*

Schnee, der auf Zedern fällt erzählt eine ebenso romantische wie dramatische Geschichte aus dem Nachkriegsamerika der fünfziger Jahre. Der Journalist Ishmael Chambers (Ethan Hawke) berichtet in dem vor der Nordwestküste der USA gelegenen Städtchen San Piedro Island, Washington, über den Prozeß gegen den japano-amerikanischen Fischer Kazuo Miyamoto (Rick Yune), der eines kaltblütigen Mordes angeklagt ist. Ishmael ist von dem Fall persönlich betroffen, denn die Ehefrau des Angeklagten ist seine Jugendliebe Hatsue (Youki Kudoh). Im Lauf der Verhandlung sieht er sich immer stärker mit seinen alten Gefühlen konfrontiert.

Den Vorsitz der Verhandlung führt Richter Fielding (James Cromwell), als Vertreter der Anklage steht Staatsanwalt Alvin Hooks (James Rebhorn) dem Verteidiger Nels Gudmundsson (Max von Sydow) gegenüber. Die während der Verhandlung aufgerollte Geschichte, die immer wieder von Ereignissen aus dem Krieg unterbrochen wird, zwingt die Bürger von San Piedro Island, sich ihrer Schuld zu stellen. Denn nach der Bombardierung von Pearl Harbor sahen sie tatenlos dabei zu, wie ihre japanisch-stämmigen Nachbarn in Internierungslager abtransportiert wurden.

Die ganze Zeit wird Ishmael von seiner noch immer glimmenden Liebe für Hatsue sowie Erinnerungen an seinen verstorbenen Vater (Sam Shepard) und an die als Soldat im Kampf gegen die Japaner erlittenen körperlichen wie auch seelischen Verletzungen heimgesucht. Ishmael ist fest entschlossen, die Wahrheit herauszufinden, muß im Verlauf des Prozesses jedoch erkennen, daß das Schicksal manchmal von Umständen abhängt, die jenseits der Kontrolle des Menschen liegen.

ÜBER DIESES BUCH

Außer dem Drehbuch zum Film *Schnee, der auf Zedern fällt* enthält dieses Buch ein Gespräch mit Regisseur Scott Hicks, das Linda Sunshine, die Herausgeberin dieses Bandes, Ende April 1999 über den Zeitraum eines Wochenendes in Los Angeles führte. Dieses Interview wurde mit einem zweiten kombiniert, das Hicks einige Monate zuvor während der Dreharbeiten im US-Bundesstaat Washington gab. Hicks sah das lektorierte Manuskript durch und versah es mit zahlreichen Ergänzungen und Verbesserungen, die er einem Tagebuch, das er während der Produktion führte, entnahm. Das ermöglichte ihm, viele Punkte, die im Interview nur angeschnitten worden waren, genauer auszuführen.

Auch Kathleen Kennedys Beitrag entstand anhand der Grundlage einer mitgeschnittenen und später redigierten Unterhaltung.

Viele der enthaltenen Fotos sind der Recherche von Jodi Zuckermann zu verdanken, die bei diesem Film als Scott Hicks' Assistentin mitarbeitete.

Vorwort der Produzentin
Kathleen Kennedy

Meistens werden die Filmrechte an Büchern sehr früh verkauft. Oft sogar ohne daß vollständiges Material vorliegt, vor der Veröffentlichung des Buches, aber das war bei *Schnee, der auf Zedern fällt* nicht der Fall. David Gutersons Roman war in den Buchhandlungen erhältlich, bevor die Filmrechte interessant wurden. Ich vermute, das lag hauptsächlich daran, daß einige der darin vorkommenden Personen zum Teil Japaner waren, und daß Hollywood sehr wohl wußte, daß sich ein solches Buch nicht ganz einfach verfilmen läßt. Aber da es bereits so erfolgreich veröffentlicht worden war, hatte Scott Hicks die Gelegenheit, es zu lesen; und er war sofort daran interessiert, es zum Gegenstand seines nächsten Filmprojekts nach *Shine* zu machen.

Womöglich gibt es sogar eine stilistische Gemeinsamkeit zwischen *Shine* und *Schnee, der auf Zedern fällt*. Während meiner Arbeit mit Scott an *Schnee*, und natürlich auch beim Ansehen von *Shine,* kam ich so nach und nach dahinter, wie er sich als Filmemacher versteht. Scott interessiert sich eindeutig für Stoffe mit komplexen Charakteren und einer gehörigen Portion Gefühl. Er scheint sich von Geschichten angezogen zu fühlen, in denen es um Außenseiter geht, um Gestalten, die nicht so recht in die Gemeinschaft passen wollen. Ich glaube, das wird auch bei seinen zukünftigen Filmen eine wichtige Rolle spielen.

Unser Film ist das Ergebnis eines wunderbar kreativen Teams unter Scotts Führung. Beim Filmemachen ist gute Zusammenarbeit absolut notwendig, und sowohl Ron Bass als auch David Guterson haben unendlich viel dazu beigetragen. Ron Bass, der Drehbuchautor, stellte sich der grundlegenden Herausforderung, das Material bis auf seine Essenz zu destillieren. Sein herausragender erster Entwurf sagte Scott Hicks intuitiv sofort zu, und Scott wurde der Übersetzer der Worte (sowohl der Rons als auch der Davids) in die Sprache des Films. Es dauerte noch einmal viele, viele Monate, bis das ursprüngliche Drehbuch in der Fassung vorlag, die dann verfilmt wurde.

Scott hatte klare Vorstellungen davon, wie man mit der Geschichte umzugehen hatte. Er wollte den literarischen Stil des Romans beibehalten. Wenn man aus einem wunderbaren Roman wie *Schnee, der auf Zedern fällt* einen Film machen will, erfordert das eine besondere Dynamik. Man versucht sich darauf zu konzentrieren, den Eindruck, den das Buch auf die Leser hat, zu bewahren, gleichzeitig muß man akzeptieren, daß es beim Film um eine andere Art des Geschichtenerzählens geht. Wir haben nur ungefähr zwei Stunden, um die Geschichte zu erzählen, die Szenen bildlich darzustellen und die Gefühle wiederzugeben, die dem Leser oft lieb und teuer geworden sind.

Für uns war die Grundstruktur des Films eine kontinuierliche Sammlung und Anhäufung von Einzelheiten – ähnlich dem, was man bei der Lektüre eines wirklich guten Buches tut. Die Geschichte von *Schnee* ergibt sich aus der Fragmentierung der Erinnerung. Die emotionale Erfahrung stellt sich in mehreren Schüben ein, die unterschiedliche Zuschauer an verschiedenen Stellen erwischen. Nicht jeder wird den Film auf die gleiche Weise erleben. Vielleicht verspürt man nur am Ende des Films so etwas wie eine emotionale Erlösung, vielleicht erfährt man beim zweiten Betrachten des Films eine ganze Reihe neuer Gefühlsreaktionen. Dieses vielschichtige Gefühlsgewebe wurde unsere eigentliche filmische Herausforderung.

Ich bin fest davon überzeugt, daß Bücherleser auch Kinogänger sind. Bei *Schnee, der auf Zedern fällt* hoffen wir darauf, daß die Menschen, die David Gutersons Buch verschlungen haben, ebenso stark von unserem Film ergriffen sein werden.

Das Drehbuch

AUSSEN: DIE *SUSAN MARIE*, SHIP CHANNEL BANK – NACHT

Dichter, nur von Geräuschen durchdrungener Nebel. Das Plätschern von Meereswellen an einem dahintreibenden Schiffsrumpf. Nebelschwaden teilen sich und geben den Blick frei auf ...

... ein Gesicht. Markant, gutaussehend, blondes Haar.

Wir sehen CARL HEINE hoch oben auf der Quersaling seines Mastes. Er hat eine SCHNURROLLE aus seinem Ölzeug-Overall gezogen und ist gerade dabei, inmitten der Nebelwolke eine LATERNE FESTZUZURREN.

INNEN/ AUSSEN: KAJÜTE DER *SUSAN MARIE* – NACHT

Ein Streichholz flammt auf. CARL zündet den Docht einer zweiten Laterne an. Die Kajüte ist penibel aufgeräumt. Am Rand der Anrichte steht eine Blechtasse. Auf dem Kajütenboden liegt nichts herum. Carl schaut auf seine Armbanduhr. Es ist 1 Uhr 07. Dann hört er ...

... das tuckernde Geräusch eines näher kommenden Bootes ...

AUSSEN: DIE *SUSAN MARIE*, SHIP CHANNEL BANK – NACHT

... Carl steht mit seiner Kerosinlaterne und seinem mit Druckluft betriebenen Signalhorn an Deck und beobachtet, wie ein anderes BOOT sich langsam aus dem Nebel heranschiebt. Die SIL-

HOUETTE eines FISCHERS, der ein Gaff, einen langstieligen Fischhaken, in der Hand hält. Nebelfetzen huschen beiseite, und wir FAHREN NAH an das Gesicht der Gestalt heran, bis wir…

…die Augen des Mannes sehen. Es sind asiatische Augen.

ÜBERBLENDUNG AUF:

AUSSEN: SHIP CHANNEL BANK – MORGENS

Eine Insellandschaft. Unser Boot schaukelt auf den sanften Wogen.

AUSSEN: DIE *SUSAN MARIE* – MORGENS

Im Gegenlicht der Morgensonne holen zwei Gestalten langsam das Netz auf der rotierenden Walze ein. Ein paar Silberlachse schliddern über das Schanzdeck. Automatisch pflücken sie Hände aus dem Netz und werfen sie in den Laderaum.

SCHNITT auf die Zedernflöße, die überall auf dem Wasser treiben. Ein schweres, dunkles Etwas wird vom Netz näher an die Oberfläche gezogen.

Eine der beiden Gestalten beugt sich vor, um besser sehen zu können. SHERIFF ART MORAN ist ein dürrer, nicht sehr eindrucksvoller, systematisch vorgehender Mann. Nur seine Augen verraten etwas von seiner inneren Unruhe.

Plötzlich ragt steif und grotesk eine Hand aus dem Netz.

MORAN taumelt erschrocken zurück, während das verwickelte Netz allmählich ganz aus dem Wasser auftaucht…

Das Gesicht von CARL HEINE. Zur Sonne gewandt.

Moran dreht sich rasch weg, und hinter ihm beugt sich sein junger Hilfssheriff, ABEL MARTINSON, über die Reling und übergibt sich ins Wasser.

SCHNITT AUF:

INNEN: LEICHENSCHAUHAUS – TAG

Das Gesicht des Gerichtsmediziners HORACE WHALEY. Hinter seinem professionell neutralen Gesichtsausdruck ist ein Anflug von Trauer sichtbar. Carls Gesicht spiegelt sich in seiner Brille. Eine Folge RASCHER SCHNITTE…

…Whaley zerschneidet mit einer großen Schere Carls wasserdichten Overall…

…seine Hand zieht die BINDFADENROLLE aus Carls Hosentasche…

…untersucht das offene, leere MESSERFUTTERAL an Carls Gürtel…

…die rechte Handfläche ist nach oben gerichtet, man sieht einen langen Schnitt rings um den Daumenballen…

…Carls Handgelenk, an dem die ARMBANDUHR auf 1 Uhr 47 stehengeblieben ist… Whaley streift die Uhr ab, notiert sich die Zeit und steckt die Uhr in einen gelben Papierumschlag…

Whaley beugt sich über Carls Leiche, drückt auf den Solarplexus und sieht rosafarbenen SCHAUM aus Carls Mund und Nase hervorquellen. Und dann sieht er noch etwas. Seine Finger schieben vorsichtig das Haar über Carls linkem Ohr zur Seite, woraufhin…

…Whaley etwas Alarmierendes entdeckt. Er winkt Moran heran.

   WHALEY
   Willst du mal Sherlock Holmes spielen, Art?

Widerstrebend sieht Moran genauer hin und zieht die Luft zwischen den Zähnen ein.

MORAN
Wo zum Teufel kommt das denn her?

WHALEY
Ich kann dir sagen, was mir bei so einer Kopfwunde sofort
einfällt...

Whaley greift nach dem Tablett mit seinem Operationsbesteck
und wählt ein rasiermesserscharfes Skalpell aus.

SCHNITT AUF:

INNEN: LEICHENSCHAUHAUS – TAG

NAH AUF einen BLUTSTROPFEN, der in ZEITLUPE auf einem
weißen Porzellantablett landet.

ÜBERBLENDUNG AUF:

AUSSEN: SAN PIEDRO ISLAND – TAG

Schnee, der auf Zedern fällt.

Der Himmel senkt sich sanft über unsere Insel. Wundersam.
Schweigend. Hypnotisch. Ein geradezu episches Schneetreiben,
das angesichts unserer Nichtigkeit vor der grenzenlosen Dimension der Natur Ehrfurcht einflößt. Während der VORSPANN ein-
setzt...

ÜBERBLENDUNG AUF:

AUSSEN/ INNEN: ISHMAELS WOHNUNG – TAG

Durch ein verschneites Fenster sehen wir einen nachdenklichen,
melancholischen jungen Mann Mitte zwanzig. Es ist ISHMAEL
CHAMBERS, der sich gerade gedankenverloren seinen Mantel
anzieht. Wir sehen, daß der linke Ärmel am Ellbogen seines amputierten Arms nach oben geheftet ist. Darunter klemmt er sich
seine dünne Aktenmappe.

AUSSEN: ERDBEERFELDER – TAG

…hügelige Erdbeerfelder in jungfräulichem Weiß, unberührt und makellos… jenseits der Felder, vor dem Hintergrund eines Zedernwaldes, bewegt sich ein alter KLEINLASTER langsam durch den Schnee.

Hinter den langsam hin und her schlagenden Scheibenwischern erkennen wir eine schlanke Frau von zarter Schönheit. HATSUE MIYAMOTO blickt starr nach vorne auf die schneebedeckte Straße. HISAO sitzt neben ihr hinter dem Steuer.

SCHNITT AUF:

AUSSEN: AMITY HARBOR/ SAN PIEDRO ISLAND FERRY – TAG

…Blick durch eine andere Windschutzscheibe. Diesmal auf wogende WELLEN. Ein geschniegelter Mann in den Vierzigern kämmt sich sorgfältig im Rückspiegel. ALVIN HOOKS' Blick wandert nach draußen über…

AUSSEN: AMITY HARBOR – TAG

…die schneebedeckten Werften und Boote.

AUSSEN: AMITY HARBOR – TAG

Die SAN-PIEDRO-ISLAND-Fähre nähert sich den vom Schnee wie mit Vulkanasche überzogenen Docks. Auf der Ladefläche der Fähre hinter HOOKS' neuem Chevy tummeln sich viele Leute, eine Reihe weiterer Autos und sogar ein Bus.

SCHNITT AUF:

AUSSEN: NELS' HAUS – TAG

Eine Tür geht auf, ein paar feine Anzugschuhe, über die altmodische Galoschen gezogen sind, werden sichtbar.

Eine ALTE KATZE streicht um die Füße, bis eine HAND, die das Alter des Betreffenden verrät, ihr einen kleinen Leckerbissen herunterreicht.

Die SPITZE eines REGENSCHIRMS wird gegen einen BLUMENTOPF geschlagen, um ihn von Schnee und Eis zu befreien. Der Topf bricht auseinander und ergießt seine Erde über die Veranda. Die Füße scharren den Dreck ungeduldig zur Seite und steigen dann die Treppe hinunter.

Der Regenschirm klappt auf, und jetzt sehen wir NELS GUDMUNDSSON. Er ist 79 Jahre alt, groß und hager. Ein bißchen zittrig. Sein Körper will nicht mehr so recht.

AUSSEN: STRASSE – TAG

NELS geht vorsichtig die Straße hinunter, wird von Kindern auf Schlitten überholt und trifft WHALEY, der gerade in die andere Richtung unterwegs ist.

> NELS
> 'Morgen, Horace. Ganz wie 1930, was?

> WHALEY
> Eher 1929, Nels. Ich glaube, du meinst 1929.

> NELS
> Ja, richtig, Horace. Du hast recht. 1929.

AUSSEN: STRASSE/ GERICHTSGEBÄUDE – MORGENS

Eine Schneewehe aus Pulverschnee. Ein Junge fällt rückwärts ins Bild. Nicht weit von ihm tut ein Mädchen das Gleiche. Sie scharren mit Armen und Beinen auf und ab. Lachen. Machen Schneengel…

Ishmael geht an ihnen vorbei, über den Hügel, das Städtchen liegt hinter ihm.

Vor ihm ein öffentliches Gebäude, vor dem Autos, so gut es geht, einparken und auf dessen schneebedeckter Treppe Leute in Richtung Eingang strömen, und wir FOLGEN...

ISHMAEL, der, ganz in Gedanken, die Menge gar nicht wahrzunehmen scheint, die ihn schubst und drängelt, bis er...

...im Gerichtsgebäude verschwindet.

VORSPANN ENDE

INNEN: FLUR IM GERICHTSGEBÄUDE – TAG

Ishmael geht auf die Treppe zur Presseempore zu, weg von dem Gedränge. Er erhascht einen flüchtigen Blick auf eine Frau, die, für die Menge nicht zu sehen, allein auf einer Bank sitzt.

Es ist HATSUE. Sie starrt unbewegt und mit leerem Blick vor sich hin.

AUFZIEHEN, bis wir Ishmael sehen, der in einer Nische steht. Er betrachtet Hatsue, die ihre Gedanken zu sammeln scheint, mit unverwandter Aufmerksamkeit. Er zögert einen Augenblick. Dann geht er auf sie zu.

ISHMAEL
Hatsue?

HATSUE
Geh weg, Ishmael.

Ihre Stimme ist leise, aber bestimmt, jedoch ohne Zorn.

ISHMAEL
Ich wollte nur sagen...

HATSUE
(sanfter)
Geh schon.

SCHNITT AUF:

17

INNEN: KELLER – TAG

NAH auf eine große Schaufel, die eine Ladung KOHLE auf-
schippt.

Die Kohle fliegt von der Schippe in die lodernden Flammen des
HEIZKESSELS. Die TÜR knallt mit lautem Scheppern zu.

SCHNITT AUF:

INNEN: GERICHTSSAAL – MORGENS
(ERSTER VERHANDLUNGSTAG)

Ein zugefrorenes Fenster über einem uralten DAMPFHEIZ-
KÖRPER, aus dem ZISCHEND ein Dampfstrahl entweicht,
während wir langsam AUFZIEHEN bis wir...

...ein asiatisches Augenpaar sehen. Wir haben diese Augen schon
einmal gesehen. KAZUO MIYAMOTO sitzt kerzengerade, völlig
reglos und mit ausdrucksloser Miene da. Abel entfernt seine
Handschellen. Das Auge des Sturms, der sich rings um ihn herum
im...

...sich füllenden GERICHTSSAAL zusammenbraut. Die Tribüne
ist vollbesetzt mit aufgeregt durcheinanderredenden Einheimi-
schen, über denen ein Hauch von Vorfreude schwebt.

NELS geht auf den Tisch der Verteidigung zu, begrüßt seinen Klienten Kazuo. Dann streckt er den Arm auch in Richtung der Anklagebank aus und schüttelt HOOKS die Hand.

Die GESCHWORENENBANK. Gemüsebauern, Lebensmittel-
händler, Fischer mit schlichten Krawatten um den Hals. Eine
Kellnerin, eine Sekretärin und Fischersfrauen in ihren Sonntags-
kleidern.

SCHWENK NACH OBEN zur...

...Empore mit ihren hölzernen Sitzreihen. In der ersten Reihe
drängen sich...

…sich welterfahren gebende REPORTER, die sich wie übersättigte Würdenträger aus der zivilisierten Welt aufführen. Hinter ihnen sucht sich Ishmael einen Platz. Während wir an ihnen ENTLANGFAHREN…

Einzelne Unterhaltungsfetzen…

> REPORTER #1
> Habt ihr euch schon diese Geschworenen angeschaut? Was für Hinterwäldler. Die verdienen bestimmt gut zehntausend Riesen pro Jahr. Alle zusammen.

Er lacht.

Ishmael macht sich auf einem Schreibblock, der bedenklich auf seinem rechten Bein balanciert, Notizen, bis…

…der Block mit LAUTEM POLTERN auf den Boden fällt. Ishmael hebt ihn mit der rechten Hand auf und legt ihn wieder auf den Oberschenkel. Dann schaut er durch das Geländer nach unten, wo er…

…Hatsue den Gerichtssaal betreten sieht.

> REPORTER #1 (OFF)
> Jetzt schaut mal dahin…

Ein leiser, anerkennender Pfiff.

Die Reporter beugen sich vor, um sie ins Visier zu nehmen. Frisch entfachtes Interesse scheint die versammelte Menge erfaßt zu haben.

Ishmael sieht zu, wie HATSUE in der ersten Reihe der Tribüne im Erdgeschoß Platz nimmt. Kazuo, der ihre Gegenwart sofort spürt, dreht sich um. Ihre Blicke treffen sich. Ehemann und Ehefrau.

Zurück auf der Empore…

REPORTER #1
Habt ihr dieses Käseblatt gesehen? Der Kerl schreibt drauflos, als wäre diese Verhandlung die größte Sensation aller
Zeiten. Dabei frage ich mich, warum sich in Seattle überhaupt jemand dafür interessiert.

Zeigt dem Burschen neben sich seine Zeitung. Es ist die SAN
PIEDRO ISLAND REVIEW. Wir können aus unserem Blickwinkel sehen, daß Ishmael von hinten lauscht.

REPORTER #2
Weil's ein Japse ist. Das ist der Grund.

Nach diesen Worten steht Ishmael auf und geht weg.

GERICHTSDIENER (OFF)
Erheben Sie sich bitte von den Plätzen...

Die Leute stehen auf. Ishmael steht bereits und schaut von der
Empore hinunter.

SCHNITT AUF:

INNEN/ AUSSEN: LAGERHAUS/ DOCKS – TAG
BLICKWINKEL VON EINER ANDEREN EMPORE:

Ishmael geht durch ein Lagerhaus voller Netze in Richtung
Docks. Entschlossenen Schrittes. Ein Stück weiter ist die *Susan
Marie* festgemacht. Dort steht Moran bei einer Gruppe von sechs
oder sieben FISCHERN.

Als Ishmael bei ihnen eintrifft, begrüßt ihn Moran mit einem
schiefen Lächeln. Er ist nicht gerade begeistert, ihn zu sehen.
Auch keiner der anderen.

WILLIAM GJOVAAG, ein von der Sonne gegerbter Kiemenfischer, brummt in Richtung Morgan:

GJOVAAG
Wenn man fischen geht, passiert so was.

MORAN
(zu Ishmael)
Dachte mir schon, daß du auch Wind davon gekriegt hast.

MARTY JOHANSSON
(zu Sorensen, der gerade angekommen ist)
Der Sheriff wollte gerade wissen, wer Carl gestern abend
noch draußen auf der Ship Channel Bank gesehen hat.

MORAN
Wollte nur wissen, ob jemand mit ihm gesprochen hat.

JAN SORENSEN
Ich hab's gesteckt, als der Nebel reinkam. Da hab ich mich
schleunigst nach Hause gemacht.

GJOVAAG
Hat ja auch keinen Sinn, bei dem Nebel in der Fahrrinne her-
umzuschippern.

MARTY JOHANSSON
(mit schwerem dänischem Akzent)
Da hätten wir Ferry, Hardwell, Moulton, Miyamoto…

GJOVAAG
(spuckt aus)
Japse.

MORAN
Noch jemand?

Schweigen tritt ein.

MORAN
Na schön, wenn ihr einen von diesen Jungs trefft…

GJOVAAG
(zu den anderen)
Der Sheriff geht ja richtig zur Sache. Das ist doch bloß'n Unfall, oder nich', Art?

Moran ertappt sich dabei, daß sein Blick zu Ishmael wandert. Ishmael scheint nur darauf gewartet zu haben. Moran blickt zur Seite.

> MORAN
> Klar doch, aber immerhin haben wir einen Toten, William. Da muß ich einen Bericht schreiben.

AUSSEN: LAGERHAUS/ DOCKS – TAG

Ishmael und Moran gehen gemeinsam am Kai entlang zurück.

> MORAN
> Ich muß morgen doch nicht gleich einen Artikel über den Fortgang dieser Untersuchung lesen, oder?

> ISHMAEL
> (ruhig)
> Soll ich denn lügen?

> MORAN
> Nein, ich will nur nicht groß und breit in der Zeitung stehen, sonst nichts.

Keine Antwort. Sie gehen weiter.

> MORAN
> Ich meine nur, wenn es wirklich einen Mörder geben sollte, warum willst du ihn vorzeitig warnen?

Ishmael bleibt stehen.

> ISHMAEL
> Dann handelt es sich also tatsächlich um einen Mordfall?

> MORAN
> Das hab' ich nicht gesagt....

INNEN: GERICHTSSAAL – TAG

Inzwischen erfüllt ehrerbietige Ruhe unseren Gerichtssaal. Die Verhandlung ist in vollem Gange. SCHWENK über den hinteren Teil der Tribüne. Vierundzwanzig Bürger japanischer Herkunft besetzen die letzte Bank; alle haben ihre beste Garderobe angelegt. Wie ein Mann verfolgen die Japano-Amerikaner gebannt…

…die Bewegungen des Staatsanwalts ALVIN HOOKS. Seine Augen huschen flink umher, sein ganzes Verhalten zeugt von einer gewissen Gerissenheit, ein Eindruck, gegen den er beständig ankämpft…

> HOOKS
> Schildern Sie uns doch bitte, Sheriff, Ihren ersten Eindruck an jenem schicksalhaften Septembermorgen, an dem Sie und Ihr Hilfssheriff die *Susan Marie* inspizierten.

RICHTER FIELDING, hochgewachsen, grau und grobknochig, hat sich auf die Ellbogen gestützt. Seine Augenlider hängen ein wenig herab – die trügerische Maske messerscharfer Aufmerksamkeit.

Der Zeuge ist Sheriff Moran.

> MORAN
> In erster Linie war es so still dort draußen. Das wollte alles… nicht so recht zusammenpassen.

Ishmael beobachtet ihn. Denkt darüber nach.

> HOOKS
> Zusammenpassen? Was meinen Sie damit?

> MORAN
> Na ja, daß ein Fischer ertrinkt… das kommt schon hin und wieder mal vor. Aber Carl Heine? Es machte mich stutzig. Er war so… etepetete. Er machte immer alles ganz korrekt.

AUSSEN: BARKASSE, SHIP CHANNEL BANK – TAG

Moran steuert seine Barkasse mit der Hand am Gashebel auf die *Susan Marie* zu, die ruhig im Kanal liegt.

>ABEL
>Die Lichter sind an, Art. Sieht so aus, als wären sie bis aufs letzte angeschaltet. Und sein Netz ist draußen.

>MORAN
>(laut rufend)
>Hey, Carl!

>ABEL
>Ich hab so ein dummes Gefühl…

>MORAN
>Sag so was nicht, Abel. An so was darfst du nicht mal denken.

AUSSEN: DIE *SUSAN MARIE* – TAG

Moran steht auf dem sanft schaukelnden Deck. Alles ist still, bis auf ein seltsames, rollendes GERÄUSCH.

>SCHNITT AUF:

INNEN: DIE *SUSAN MARIE*, SHIP CHANNEL BANK – TAG

Moran streckt den Kopf durch die Kabinentür. SCHWENK NACH UNTEN, bis wir, in unserem Vordergrund, die EMAIL-KAFFEETASSE sehen, die im Rhythmus des Bootes auf dem Boden hin und her rollt.

Moran tritt ein. Setzt sich auf Carls Koje. Blickt sich in der ordentlich aufgeräumten Kabine um. Auf dem Boden steht eine große Batterie.

ABEL (OFF)
Im Laderaum ist nichts. Abgesehen von den Fischen, meine ich. Sollen wir das Netz einholen?

Morans Blick fällt auf ein Foto, auf dem Carls Familie abgebildet ist. Seine hübsche blonde Frau. Seine zwei kleinen Jungs.

INNEN: GERICHTSSAAL – TAG

HOOKS
Nachdem Sie sich umgesehen haben, kamen Sie also zu dem Schluß, daß es sich keinesfalls um einen Unfall handelte, richtig?

MORAN
Zuerst kam ich zu überhaupt keinem Schluß. Ich fragte mich die ganze Zeit über, was ich seiner Familie wohl sagen soll. Schließlich kannte ich den Burschen gut. Ich kannte seine Frau und seine Kinder.

AUSSEN: CARL JR.s HAUS – TAG

Moran klettert aus dem Dienstwagen; Carls kleine Söhne kommen um die Hausecke geflitzt. Als sie den Sheriff sehen, bleiben sie sofort stehen. Schweigend, ohne Hemd, barfuß.

MORAN
Na, Jungs? Ist denn eure Mutter zu Hause?

Er spuckt seinen Kaugummi in den Streifen Stanniolpapier. Der ältere Junge nickt in Richtung Haus.

MORAN
Spielt schön weiter, Jungs.

Sie rühren sich nicht von der Stelle. Moran geht auf die Haustür zu und ruft laut.

MORAN
Susan Marie?

Er bleibt vor der Tür stehen und ruft noch einmal.

> MORAN
> Bist du da?

> SUSAN MARIE (OFF)
> Komm rein! Ich bin gleich unten!

Moran sieht sich in dem Zimmer um, das auf eine gemütliche Weise sauber und ordentlich ist. An der Wand hängt eine Sammlung von Familienfotos: die grobgeschnitzten Gesichter deutscher Vorfahren.

Susan Marie kommt herein. Sie hat eine fleckige Babywindel über der Schulter und eine Nuckelflasche in der Hand.

> SUSAN MARIE
> Was kann ich für dich tun, Art? Carl ist noch nicht da. Ist etwas passiert?

> MORAN
> Genau deswegen...

Zu schnell. Er unterbricht sich. Sie merkt es sofort.

> MORAN
> Deshalb bin ich hier. Ich fürchte, ich muß dir etwas... schlimme Nachrichten überbringen. Sehr schlimme Nachrichten...

Sie sieht ihn verständnislos an, ihr Lächeln erstirbt nur allmählich, bevor...

> MORAN
> Carl ist letzte Nacht ums Leben gekommen. Bei einem Unfall auf See. Draußen in der Ship Channel Bank.

> SUSAN MARIE
> Aber nein, Carl geht's gut, er...

MORAN
Wir haben ihn gefunden, Susan Marie. In seinem Netz.

Bei diesen Worten huscht ein leerer, abgründiger Ausdruck über ihr Gesicht, sie taumelt nach hinten und läßt sich SCHWER auf einen Stuhl fallen. Die Nuckelflasche fällt ihr aus der Hand.

Moran weiß nicht recht, wie er sich verhalten soll. Sie fängt an, sich langsam hin und her zu wiegen. Ihr Gesicht drückt mehr aus, als es Tränen vermögen. Schrecken spiegelt sich darin. Sie murmelt so leise, daß wir sie kaum verstehen können...

SUSAN MARIE
Ich hab's gewußt, daß eines Tages so etwas passiert. Ich habe ihn gewarnt...

INNEN: GERICHTSSAAL – TAG

Moran nervös im Zeugenstand.

NELS (OFF)
Also keinerlei Anzeichen für einen Kampf, sagen Sie. Sie konnten nichts Ungewöhnliches feststellen?

Jetzt SEHEN wir ihn. NELS steht neben seinem teilnahmslosen Klienten.

MORAN
Na ja, wie schon gesagt. Bei einem so akkuraten Burschen wie Carl kam mir das eine oder andere schon merkwürdig vor.

Nels geht langsam auf ihn zu.

NELS
Richtig. Sie erwähnten die Kaffeetasse auf dem Fußboden. Waren noch andere Sachen durcheinandergebracht?

MORAN
Also, da war diese leere Batterie, sie lag einfach so herum. Und der Deckel vom Batterieschacht paßte nicht richtig.

NELS
Ein Batteriedeckel, der nicht richtig paßt? Welche Schlüsse
haben Sie daraus gezogen?

HOOKS (OFF)
Einspruch! Versuch, den Zeugen zu Mutmaßungen zu ver-
anlassen.

NELS
Meine Güte, Alvin, hätte ich jedesmal Einspruch erheben
sollen, als Sie das vorhin getan haben?

Mit einem – wirklich – freundlichen Lächeln.

RICHTER (matt)
Das reicht jetzt mit dem Unfug, Nels. Warum benehmen Sie
sich nicht Ihrem Alter entsprechend?

NELS
Wenn ich das täte, Euer Ehren, wäre ich schon längst tot.

Hier und da freundliches Gelächter. Richter Fielding gibt sich
nicht einmal den Anschein, ärgerlich zu sein.

RICHTER
Fahren Sie bitte fort, Gentlemen.

HOOKS
Ich hatte einen Einspruch vorgebracht, Euer E...

RICHTER
Und der wurde abgelehnt. Beantworten Sie bitte die Frage,
Zeuge. Falls Sie sich noch daran erinnern können.

MORAN
Ich klappte den Deckel ganz auf und entdeckte, daß eine
Batterie größer als die andere war.

NELS
Kam Ihnen das nicht auch seltsam vor, daß er eine Batterie dabei hatte, die nicht paßte? Ein so *akkurater* Bursche wie Carl?

INNEN/ AUSSEN: KABINE DER *SUSAN MARIE*, SHIP CHANNEL BANK – TAG

ZWISCHENSCHNITT… Moran öffnet den Batterieschacht in der Kabine…

MORAN (OFF)
Doch, ich hab mich schon gewundert. Andererseits hatte er dort herumgewerkelt. Der Flansch war ein Stück ausgedellt, damit die eine Batterie, die größere, 'reinpaßte.

Wir sehen den Flansch und zwei deutlich unterschiedliche Batterien nebeneinander. Die dritte liegt neben dem Schacht auf dem Kabinenboden.

ZURÜCK IN DEN GERICHTSSAAL. Moran immer noch im Zeugenstand.

NELS
Jetzt sagen Sie mir bitte, hätte diese ›zu große‹ Batterie in, sagen wir mal, Kazuo Miyamotos Batterieschacht gepaßt?

MORAN
Es war genau der gleiche Typ wie die, die Miyamoto hat, eindeutig. Aber er hatte beide Batterien drin, als ich sein Boot später untersuchte.

NELS
Und keine Ersatzbatterie?

MORAN
Wie ich bereits sagte: Carl war anders als die anderen. Ich meine, niemand fährt je mit einer Ersatzbatterie raus.

INNEN/ AUSSEN: KABINE DER *SUSAN MARIE*, SHIP CHAN-
NEL BANK – TAG

Moran auf den Knien. Er fährt mit den Fingerkuppen über den
Flansch des Batterieschachts. Blickt auf zu Abel.

MORAN
Das ist wie beim Auto. Wer fährt schon eine Ersatzbatterie
spazieren?

INNEN: GERICHTSSAAL – SPÄTER

Horace Whaley, der Bezirksgerichtsmediziner, verschränkt die
Arme. Er versucht, im Zeugenstand einen möglichst gelassenen
Eindruck zu machen.

WHALEY
…und davor war ich Stabsarzt, damals im Pazifik, im Krieg.

HOOKS
Aha. In Ihren Berufsjahren als Stabsarzt und Gerichtsmediziner hatten Sie also, wenn ich das richtig verstanden habe,
des öfteren mit Kopfverletzungen zu tun?

WHALEY
In zahllosen Fällen.

HOOKS
Und aufgrund Ihrer Erfahrungen können Sie auf die wahr-
scheinliche Ursache einer Kopfwunde schließen?

WHALEY
Durchaus. Wenn jemand von einem Brecheisen getroffen
wird, oder von einem Hammer, oder ob man vom Motorrad
stürzt – die Verletzungen sehen immer anders aus. In diesem
Fall hat ein langer, schmaler, stumpfer Gegenstand die Verletzung hervorgerufen.

HOOKS
Ein Fischhaken, beispielsweise? Ein Gaff?

WHALEY
Gut möglich.

HOOKS
(bezieht sich auf Whaleys Bericht)
Sie sagen, es handele sich um ... ›eine ungefähr fünf Zentimeter lange Schnittwunde über dem linken Ohr, und der Knochen darunter ist auf etwa neun Zentimeter gesplittert‹. Sagen Sie mir doch: haben Sie diese Art von Verletzung schon einmal gesehen?

WHALEY
Schon oft. Es handelte sich dabei um Wunden, die im Nahkampf mit japanischen Soldaten entstanden sind.

Er blickt zum Sheriff hinüber.

WHALEY
Ich sagte sogar zu Art: ›Wenn du Sherlock Holmes spielen willst, mußt du nach einem Japs mit einem blutigen Gewehrkolben suchen.‹

HOOKS
Was führte Sie zu diesem Schluß?

WHALEY
Ich habe schon viele Kendo-Wunden gesehen. Sie sehen genau aus wie diese hier.

Whaley wirft Kazuo einen selbstgefälligen Blick zu.

HOOKS
Würden Sie mir bitte erklären, was ›Kendo‹ ist?

WHALEY
Ein japanischer Zweikampf mit Holzstöcken. Die werden schon als Kinder dafür ausgebildet. Zum Töten mit Stöcken.

Der Blick des Staatsanwalts wandert zum Angeklagten. Damit die Geschworenen das gleiche tun. EINSTELLUNG VER-

HARRT auf Kazuos fürstlicher Haltung. Auf seinem neutralen Gesichtsausdruck.

> HOOKS (OFF)
> Keine weiteren Fragen.

AUSSEN: ERDBEERFELD – MORGENDÄMMERUNG

Früher Morgennebel. Zwei dunkle Gestalten, kaum mehr als Silhouetten, stehen einander gegenüber und kreuzen ihre tödlichen Shinai-Stecken. Einer von beiden ist ein erwachsener Mann. Der andere ein acht Jahre alter Junge. Dialog auf JAPANISCH mit Untertiteln …

> ZENICHI
> Hüfte, Bauch, *Schlag.* Bauchmuskeln anspannen, wenn der Schlag erfolgt …

Er führt einen furchterregenden Schlag aus, den das Kind mit erstaunlicher Geschicklichkeit abwehrt. Jetzt sehen wir ZENICHIS versteinertes Gesicht. Falls er von seinem Sohn beeindruckt ist, so läßt er es sich nicht anmerken.

ZACK! ZACK! ZACK! Der Junge DRISCHT heftig zu, und der Mann pariert jeden Schlag mit traumwandlerischer Sicherheit.

> ZENICHI
> Zenshin ist unablässige Aufmerksamkeit. Immer die Gefa …

KRACH! Mitten im Satz hat der Vater einen Schlag gelandet, SCHLEUDERT den Jungen wie eine Puppe zu Boden. Der Junge SPRINGT wieder auf und bringt seinen Shinai in die Ausgangsposition. Sein Gesicht ist schmerzverzerrt.

> ZENICHI
> Kazuo! Niemals deinen Schmerz zeigen. Offenbare niemandem deine Gefühle. Nicht auf deinem Gesicht. Und auch sonst nicht.

ZACK! Das Kind hat einen Schlag gegen die linke Seite des KOPFES seines Vaters ausgeführt. Er wurde kurz über Zenichis Ohr abgeblockt. Keiner der Kämpfer scheint von Wut oder Ärger geleitet zu sein. Jedenfalls ist nichts davon zu sehen.

ZENICHI
Ellbogen locker. Ja, schon besser.

INNEN: GERICHTSSAAL – MORGENS

In Whaleys Blick liegt die Verachtung eines Schachspielers, der gegen einen unwürdigen Gegner antreten muß.

NELS (OFF)
Aber in Ihrem Bericht stellen Sie fest, daß der Tod durch Ertrinken eintrat, nicht durch eine Kendo-Wunde. Was führte Sie zu diesem Schluß?

WHALEY
Wie ich bereits aussagte, fand ich Schaum in der Lunge des Verstorbenen.

NELS
Ja, dieser Schaum... Ich bin nicht sicher, ob ich das richtig verstanden habe, Horace. Wie kommt er dorthin?

WHALEY
Er entsteht, wenn sich beim Atmen Wasser, Schleim und Luft vermischen. Ich glaube, das sagte ich bereits.

NELS
(leicht verwirrt)
Sie können sich sicher denken, daß mich das ein wenig verwirrt. Schließlich kann ein Ertrunkener nicht mehr atmen. Wie also...?

WHALEY
Selbstverständlich nicht. Der Schaum besagt nur, daß er noch atmete, als er ins Wasser stürzte.

Ah. Nels dehnt die kleine Pause ein wenig aus.

WHALEY
Deshalb weist der Autopsiebericht auch Ertrinken als Todesursache aus.

NELS
Verstehe. Was besagt, daß er nicht zuerst, etwa auf dem Bootsdeck, ermordet und hinterher über Bord geworfen wurde.

WHALEY
Tja, man kann natürlich auch ...

NELS
(rasch)
Vielen Dank, Horace. Das ist sehr wichtig für uns. Sehr gut. Aber ich möchte Sie noch etwas anderes fragen. Etwas aus Ihrem Autopsiebericht.

Er nimmt Whaleys Bericht vom Tisch der Gerichtsschreiberin. Wobei er sie anlächelt.

WHALEY
Fragen Sie ruhig.

NELS
Es geht noch einmal um diese Kopfwunde. Sie behaupten, sie sei durch einen langen, schmalen, stumpfen Gegenstand hervorgerufen worden. Haben Sie das eindeutig gesehen? Oder handelt es sich dabei eher um eine Schlußfolgerung?

WHALEY
(ziemlich sauer)
Meine Aufgabe besteht darin, Schlußfolgerungen zu ziehen. Gerichtsmediziner tun nichts anderes. Sie ziehen Schlußfolgerungen. Genau das ist mein Spezialgebiet. Schlußfolgerungen.

Nels nickt. Jetzt kann er wieder ruhiger sein. Nachdem er den Zeugen davon abgebracht hat, Ansichten kundzutun, die Nels nicht gebrauchen kann.

NELS
Selbstverständlich, Horace. Sie können also darauf schließen, ob ein Gegenstand gegen den Kopf des Verstorbenen geschlagen wurde, oder ob der Kopf gegen dieses Objekt schlug? Oder würden in diesem Fall die Wunden gleich aussehen?

WHALEY
Gleich.

NELS
Wäre dieser Kopf also gegen etwas Schmales und Stumpfes geschlagen, die Heckwand eines Bootes etwa, eine Netzwinde oder eine Klampe, könnte das nicht...

WHALEY
Wenn der Kopf sich mit der entsprechenden Wucht bewegt... Aber ich wüßte nicht, wie das möglich gewesen sein sollte.

NELS
Wäre es möglich gewesen?

WHALEY
Klar, alles ist mög...

NELS
Ist es angemessen zu sagen, daß Sie nicht mit letzter Sicherheit wissen, daß es so war?

WHALEY
Habe ich nicht genau das gesagt? Ich sagte bereits, daß...

NELS
Aber Sie sind sicher, daß sein Tod durch Ertrinken eintrat.

WHALEY
Zum dritten Mal: ja.

Nels nickt. Whaley ist mehr als nur frustriert.

WHALEY
Darf ich an dieser Stelle etwas sagen?

NELS
Nein, vielen Dank, Horace. Sie haben uns außerordentlich
geholfen. Keine weiteren Fragen.

Horace will noch etwas sagen. Steht nicht sofort auf.

RICHTER
Dann unterbrechen wir die Verhandlung bis nach der Mit-
tagspause. Das Gericht tritt... Punkt 13 Uhr 30 wieder zusammen.

Der Hammer fällt krachend auf den Block. Richter Fielding erhebt sich, und der GERICHTSDIENER führt die Geschworenen
aus ihrer Bank. Abel Martinson, der Hilfssheriff, legt die Hand
sachte auf Kazuos Arm, und der Angeklagte dreht sich um...

...zu seiner Frau. Sie steht an der Absperrung. Nels gibt Abel ein
Zeichen, den beiden ein wenig Zeit zu gewähren. Zögernd tritt
der Hilfssheriff ein paar Schritte zurück. Und im Gemurmel des
Gerichtssaals...

KAZUO
Wie geht's den Kindern?

Er spricht so umgangssprachlich amerikanisch, daß wir automatisch stutzen. Nachdem wir uns Kazuo als stummen Samurai vor-
gestellt haben.

HATSUE
Sie sind so aufgeregt. Sie lieben den Schnee.

KAZUO
(zärtlich)
Ja ... das ist toll.

Abel sieht sich um. Er fühlt sich ziemlich unwohl.

KAZUO
Wie auch immer. Nur noch ein paar Tage.

ABEL
Hör mal, Art wird mich schon im ...

KAZUO
Ich gehe erst, wenn du lächelst.

HATSUE
(eilig, auf japanisch)
Sitz nicht immer so starr da wie einer von Tojos Soldaten.
Das kann gefährlich werden. Bei diesen Geschworenen.

Abel hat jetzt genug. Er packt Kazuo am Arm und will ihn
wegziehen, kann den Angeklagten aber nicht vom Fleck bewegen.

Kazuo lächelt seine Frau an. Aber sie lächelt nicht. Sein Lächeln
erstirbt. Ein letzter Blick. Dann läßt er sich von Abel wegführen.

Wir VERWEILEN auf ihr. Sie sieht ihm nach.

Über ihrer Schulter, von der Empore herunter, sieht Ishmael sie
an. In seinem Kopf setzt ihre Stimme ein ...

AUSSEN: SOUTH BEACH BAY – TAG

Sandige Beine laufen spritzend durch das flache Wasser. Zwei
Dreizehnjährige haben den ganzen Strand für sich. Hatsue trägt
einen undichten Eimer voller Muscheln in der Hand.

HATSUE
Die Meere vermischen sich nicht. Der Atlantik, der Pazifik,

37

der Indische Ozean, das Nordmeer... sie alle sind verschieden.

ISHMAEL
Inwiefern denn?

HATSUE
Einfach so. Es ist nicht ein einziger Ozean.

ISHMAEL
Sie sind trotzdem ein einziger Ozean, jeder ist ein Teil davon. Und sie vermischen sich ständig.

HATSUE
Nein, sie vermischen sich nicht. Sie haben unterschiedliche Temperaturen.

ISHMAEL
Woher willst du das wissen?

HATSUE
Ich weiß es eben.

SCHNITT AUF:

AUSSEN: SOUTH BEACH BAY – TAG
SPÄTER: Sie graben im Sand. Ishmael langt bis fast zur Schulter in ein tiefes, schlammiges Loch.

HATSUE
Langsam! Ganz vorsichtig geht's am besten.

Sie greift neben ihm in das Loch. Ihre Finger tasten die Schale der eingegrabenen Panopea-Muschel ab. Ishmael betrachtet das Mädchen aus der Nähe, dessen schmutziges Knie nur wenige Zentimeter von seinem Gesicht entfernt ist. Hatsue konzentriert sich auf ihre Aufgabe.

HATSUE
Die steckt zu tief. Wir müssen weitergraben.

Jetzt graben sie gemeinsam. Sehr vorsichtig.

ISHMAEL
Jetzt geht's. Jetzt haben wir sie.

Behutsam löst Hatsue die Muschel aus ihrem Bett. Sie hebt sie
hoch. Sie bewundert ihre Größe und die rauhe Oberfläche mit
den Fingerspitzen. Wäscht sie im flachen Wasser ab. Er verfolgt
jede ihrer Bewegungen.

ISHMAEL
(leise)
Ich mag dich.

Die Worte lassen sie herumfahren. Sie ist nicht direkt erschrocken. Eher aufmerksam.

Keine Antwort. Er neigt sich ein wenig näher heran, und sie senkt
den Blick. Das ist der Moment. Ängstlich und doch stetig, nähert
er sich langsam ihrem Gesicht. Und legt seinen Mund auf ihren.
Sie läßt ihn gewähren, und, dergestalt ermutigt, preßt er fester,
woraufhin Hatsue …

…das Gleichgewicht verliert und eine Hand nach hinten ins Wasser streckt, um Halt zu suchen, und mit zu fest zusammenge-
kniffenen Augen küßt sie Ishmael für einen langen Augenblick,
bevor …

…sie aufspringt, den Muscheleimer schnappt und wie ein
scheues Reh am Strand entlang DAVONLÄUFT. Er erhebt sich
langsam. Sieht ihr nach.

Sein Gesicht ist ernst. Wie gelähmt vor Glück sinnt er ihrem Kuß
nach.

INNEN: SCHULBUS – MORGENS

Ishmael steigt in den überfüllten Schulbus. Überall schwatzen
und streiten Kinder. Die Rassentrennung ist ziemlich offensichtlich. Weiter hinten sieht er …

...Hatsue bei ihren japanischen Freundinnen sitzen. Langsam geht er vorbei, wobei er versucht, sie nicht anzusehen. Er kann nicht anders.

Er setzt sich hin. Sie dreht sich kein einziges Mal um.

AUSSEN: HAUS DER IMADAS – ABENDDÄMMERUNG

Ishmael kauert am Rand des Anwesens, fast völlig in der Dunkelheit verborgen.

Drüben geht die Fliegengittertür auf, Licht fällt auf die Veranda. Hatsue erscheint mit einem Weidenkorb, um die Wäsche von der Leine zu nehmen.

Er schaut verzückt zu, wie sie die Wäscheklammern abnimmt und die Kleider zusammenlegt, wobei sie die Klammern zwischen die Zähne klemmt. Dann wickelt sie die Leine elegant Hand über Hand auf. Sie packt ihre Haarmähne, schlingt sie geschickt zu einem Knoten, dann eilt sie wieder zum Haus. EINSTELLUNG verharrt auf dem beobachtenden Ishmael, dann erst...

SCHNITT AUF:

AUSSEN: HAUS DER IMADAS – ABEND

Letztes Dämmerlicht. Insekten surren durch die stille Abendluft. Ishmael will gerade weggehen, da hört er die Töne einer Flöte. Er dreht sich um und sieht...

Hatsues Gesicht erscheint im erleuchteten Fenster, eine FLÖTE an die Lippen. Sie spielt.

Ishmael wagt kaum zu atmen. Ist einen Augenblick wie gelähmt. Dann geht er weiter.

SCHNITT AUF:

AUSSEN: ERDBEERFELD – TAG

Kinder arbeiten im Sonnenlicht auf dem Feld. Knien zwischen den Reihen. Hatsue mit einem halben Dutzend japanischer Mädchen, das Haar offen, das Gesicht leicht glänzend vor Schweiß. Sie arbeitet schnell und anmutig, füllt zügig ihre flache Schale.

Drei Reihen weiter kniet Ishmael und beobachtet sie. Die Angst sitzt nicht sehr tief unter der Oberfläche seines ernsten Gesichtsausdrucks. Er sieht, wie sich Hatsue eine Beere in den Mund steckt, und schaut zu, wie sie sie ißt.

Hatsues Blick schweift in seine Richtung, und Ishmael blickt rasch NACH UNTEN auf seine Arbeit. Er fühlt sich ertappt und ist sicher, daß sie ihn ansieht. Was sie aber nicht tut.

SCHNITT AUF:

AUSSEN: ERDBEERFELD – SPÄTER NACHMITTAG

SPÄTER… Der Arbeitstag neigt sich seinem Ende zu. Die jungen Pflücker bringen ihre Kisten zurück; es fängt leicht zu regnen an. Hatsue zählt ihr Geld, schiebt es in ihre Tasche, und…

…rennt leichtfüßig davon, in den stärker einsetzenden Regen. Ishmael sieht ihr nach. Von Verlangen bis in die Seele getroffen. Und voller Unentschlossenheit.

AUSSEN: ZEDERNHAIN – TAG

Ishmael rennt im Regen durch den Zedernwald. Ein Stück weiter sehen wir Hatsue immer wieder zwischen den Bäumen verschwinden. Ishmael folgt ihr in einem gewissen Abstand. Plötzlich bleibt er stehen und schaut aufmerksam geradeaus.

Durch den Regen sehen wir eine uralte Zeder, die unten am Stamm ausgehöhlt ist. Ein umgestürzter Baum und dichtes, farniges Unterholz verbergen den Eingang und machen den Ort noch geheimnisvoller.

41

Zögernd tritt Ishmael näher. Bleibt abermals stehen.

Hatsues Gesicht erscheint im Eingang der Baumhöhle.

> HATSUE
> Du bist mir gefolgt, hm?

Der Regen prasselt auf Ishmaels klitschnasse Gestalt herab.

> ISHMAEL
> Entschuldige. Es ist … irgendwie passiert, ich bin … dir einfach nachgegangen. Tut mir leid.

Sie streicht sich das Haar hinter die Ohren.

> HATSUE
> Du wirst ja ganz naß.

Sie fängt an, ihre Haare wieder festzustecken. Er kommt in die Baumhöhle …

> SCHNITT AUF:

INNEN: BAUMHÖHLE – TAG

… und kauert sich, so gut es geht, in respektvoller Entfernung von ihr hin. Was ziemlich nahe ist. Er sieht sie an, sieht sie an, und …

> ISHMAEL
> Tut mir leid, daß ich dich am Strand geküßt habe.

Keine Reaktion. Als hätte sie ihn nicht gehört. Sein Herz droht ihm beinahe aus der Brust zu springen.

> ISHMAEL
> Laß es uns einfach vergessen. Vergessen, daß es überhaupt geschehen ist.

> HATSUE
> Es muß dir nicht leid tun. Mir tut es auch nicht leid.

Sein Herz hämmert wie wild. Er kämpft hart dagegen an, es sich nicht anmerken zu lassen. Auch wenn sie ihn nicht ansieht.

ISHMAEL
Mir auch nicht.

Sie dreht ihm das Gesicht zu und versucht ein recht verzagtes Lächeln. Es ist aufrichtig, und deshalb um so verwirrender für den Jungen. Sie legt sich auf den Rücken, streckt sich auf dem Boden aus.

HATSUE
Glaubst du, daß es falsch ist?

Er schluckt. Sieht sie so entspannt vor sich liegen.

ISHMAEL
Deine Freunde würden es für falsch halten. Und dein Vater würde mich umbringen.

HATSUE
Er würde dich mit einem Samurai-Schwert in kleine Scheibchen hacken.

Ah. Schon besser. Jetzt grinsen sie beide.

HATSUE
Das Problem ist meine Mutter.

ISHMAEL
Warum? Wir unterhalten uns doch nur.

Sie sehen einander an, einen langen schweigsamen Augenblick.

INNEN: SCHLAFZIMMER IM HAUS DER IMADAS – TAG

Hatsue sitzt vor einem Schlafzimmerspiegel. FUJIKO beobachtet kritisch, wie das Mädchen sein Haar zu einem dicken Zopf flicht.

FUJIKO
(auf japanisch)
Nein. Du darfst einen Mann niemals direkt ansehen. Das ist
ein Bestandteil der Anmut.

Das Mädchen lächelt ein wenig säuerlich. Spricht leise auf englisch...

HATSUE
Die Jungs auf dieser Insel machen sich nicht viel aus Anmut.

Ihre Mutter mustert sie ein wenig ärgerlich und seufzt.

FUJIKO
(auf japanisch)
Die Jungs auf dieser Insel sind Hakujin. Sie verstehen nichts
von Anmut und sie sind voll Wollust. Sie haben es darauf angelegt, deine Jungfräulichkeit zu zerstören.

Hatsues Augen weiten sich kaum merklich.

FUJIKO
(auf englisch)
Halte dich fern von den weißen Jungs. Heirate einen der
Deinen, einen Jungen mit starkem und gütigem Herzen.

Hatsue seufzt, noch immer mit ihrer Frisur beschäftigt. Die ältere
Frau liest in dem jungen Gesicht im Spiegel.

FUJIKO
Die Nadel. Könnte besser sitzen.

INNEN/ AUSSEN: HOHLE ZEDER – TAG

Die beiden Teenager liegen lang ausgestreckt auf dem Boden, im
Schutz des hohlen Zedernstammes.

HATSUE
Sie unterrichtet mich. Im Japanisch-Sein.

Er lacht..

ISHMAEL
Was soll das denn sein...

HATSUE
Tänze, Kalligraphie. Wie man sich frisiert.

Er ist ganz Ohr. Verzaubert von dem Gefühl, hier bei ihr zu sein.

HATSUE
Wie man sitzt, ohne sich zu bewegen.

ISHMAEL
Wozu das denn?

HATSUE
Es ist ein Bestandteil der Anmut. Das versteht ihr Jungs sowieso nicht.

ISHMAEL
Du kannst es ja mal ausprobieren...

HATSUE
Sie läßt mir nicht das geringste durchgehen.

ISHMAEL
Genau wie bei mir. Nur daß es bei mir mein Vater ist.

INNEN: ISLAND REVIEW, DRUCKEREIRAUM – TAG

Ein entsetzliches RATTERNDES Geräusch, das Klappern von Metall gegen Metall.

Jetzt sehen wir ARTHUR CHAMBERS an der Druckerpresse, ein gewaltiges gußeisernes Ungetüm, das wie eine alte Dampfloko-motive quietscht und kreischt.

Der dreizehnjährige Ishmael geht seinem Vater zur Hand, füttert die Druckerpresse mit Papier. Seine Hemdsärmel sind aufgerollt, doch einer hat sich gelockert, der Ärmelaufschlag hängt herunter.

Arthur ist ein auffällig großer, knorriger Mann mit einer runden, rot eingefaßten Brille und Gummibändern um die Hemdsärmel, der sich geschmeidig über und unter der Maschine bewegt und dabei Druckplatten und Walzen inspiziert.

Arthur hält kurz inne und nimmt die Brille ab. Putzt sie mit dem Stoff seines Hemds. Setzt sie vorsichtig wieder auf. Eine für ihn typische Geste.

Ishmael greift über die Maschine, um sie weiter zu füttern, sein loser Ärmel gefährlich dicht an den malmenden Zahnrädern.

Plötzlich, schießt Arthurs Hand...

wie ein BLITZ hervor und PACKT den Arm des Jungen.

> ARTHUR
> Du weißt doch, was passiert, wenn man mit dem Ärmel in die Presse gerät?

Die Augen des Jungen weiten sich. Was? Arthur lächelt.

> ARTHUR
> Tja, dann platzt man im Handumdrehen wie ein Luftballon. Und kleckert über die ganze Wand, wie eine aufgeplatzte Bratwurst.

Ishmael wirft einen Blick auf die Maschine. Sanft dreht Arthur das Gesicht des Jungen herum, damit er ihm in die Augen sehen kann.

> ARTHUR
> (dramatisch)
> Nicht einmal die Knochen bleiben übrig. Die findet man erst später auf dem Boden. Als weiße Luftschlangen.

Ishmael gibt sich unbeeindruckt. Arthur lächelt.

INNEN/ AUSSEN: HOHLE ZEDER – TAG

Die Teenager im Schutz ihres Unterschlupfs. Ishmael liegt dicht neben Hatsue. Schaut sie ganz versunken an. Sie hat den Kopf in seine Armbeuge gelegt. Sie küssen sich. Ohne sich um die Wassertropfen zu scheren, die sogar bis hier hinein durchgedrungen sind.

Draußen PRASSELT der Regen wie aus Kübeln nieder. Eine Wand aus Wasser, die sie von der restlichen Welt trennt.

INNEN: FLUR DES GERICHTSGEBÄUDES – TAG

Füße, die Stufen hinaufeilen. Die Leute drängen sich an Hatsue vorbei, die ohne Eile ihr eigenes Tempo geht. Als sie den Treppenabsatz erreicht hat, bemerkt sie…

…daß Ishmael sie von oben beobachtet.

Ihr Blick zuckt von ihm weg, als sie durch die Tür in den Verhandlungssaal geht. Kein Zeichen des Erkennens.

Wir BLEIBEN auf Ishmael, während aus dem Hintergrund eine BLASKAPELLE erklingt…

MUSIK/ TONSCHNITT VON:

AUSSEN: HAUPTSTRASSE, AMITY HARBOR – TAG

Eine kleine Parade von Umzugswagen zieht vorüber. Auf dem Bürgersteig eine aufgekratzte Menge aus Bauern, Fischern, Familien, beide Rassen bunt durcheinandergewürfelt.

Im Büro der Island Review ist Ishmael (inzwischen 17 Jahre alt) dabei, einen neuen Film in Arthurs Kamera einzulegen. Vor der Tür gesellt sich ein älterer japanischer Farmer, NAGAISHI, mit einem Körbchen Erdbeeren zu Helen und Arthur. Es ist ein Geschenk. Sofort eilt auch Ishmael nach draußen.

NAGAISHI
Fünf Söhne. Das bleibt mein Geheimnis, Mr. Chambers.
Und das ist wichtig!

ARTHUR
Tja, wir haben uns angestrengt, Mr. Nagaishi. Wir haben uns
wirklich angestrengt!
(Legt einen Arm um Ishmael)
Aber mein Ishmael hier, der zählt glatt für zwei. Was sag'
ich: für drei! Wir setzen große Hoffnungen in ihn.

NAGAISHI
Allerdings, Ihr Sohn ist ein sehr guter Junge. Ein guter
Mensch, genau wie sein Vater. Wir wünschen ihm viel Glück
für seine Zukunft.

Nagaishi verbeugt sich und und verabschiedet sich.

Der UMZUGSWAGEN MIT DER ERDBEERPRINZESSIN
kommt näher. Auf ihm sitzt an einem Ende eine riesige ERD-
BEERE aus Pappmaché, am anderen die Erdbeerprinzessin mit
ihrem Hofstaat.

ARTHUR
Hast du dich schon mal gefragt, warum die Erdbeerprinzessin immer ein japanisches Mädchen ist?

ISHMAEL
Eigentlich nicht.

HELEN
Ich bin sicher, dein Vater wird es dir sofort erklären.

Die Erdbeerprinzessin dreht sich in Ishmaels Richtung. Es ist
Hatsue, mit einer Tiara auf dem Haupt, einem Zepter in der
Hand ...

ARTHUR
Sie ist eine Art unbewußt dargebrachtes Jungfrauenopfer.
Sie wird dem Gedanken der Harmonie zwischen den Rassen

geopfert. Und weißt du was? Für eine bestimmte Zeit funktioniert das sogar.

Ishmael sieht interessiert zu Hatsue hinüber. Mit strahlendem Gesicht, aber zurückhaltend, nimmt sie die Jubelrufe der Menge entgegen. Nicht weit von den Chambers' entfernt steht FUJIKO und sieht mit Hatsues Schwestern dem Treiben wohlwollend zu.

ARTHUR
Ist das nicht die Kleine von den Fujitas?

ISHMAEL
Nein, Dad. Das ist Hatsue Miyamoto.

ARTHUR
Ach ja, richtig. Ein reizendes Mädchen.

Helens Blick entgeht Ishmaels Interesse nicht.

Arthur hebt die Kamera und macht ein Foto von der Erdbeerprinzessin.

NAH AUF Ishmael, der jetzt unbedingt von Hatsue gesehen werden will. Helen beobachtet ihn heimlich.

Hatsues Kopf dreht sich zu ihm, doch obwohl sie ihn sieht, läßt sie sich nichts anmerken.

INNEN: GERICHTSSAAL – TAG

NAH auf Ishmael, wieder in der Reporterbank. Er sieht auf Hatsue hinunter, obwohl er nur eine Seite ihres Gesichts und ihr am Hinterkopf festgestecktes Haar sehen kann.

HOOKS (OFF)
Mrs. Heine, Sie waren also sowohl mit dem Angeklagten als auch mit seiner Familie bekannt, richtig?

ETTA HEINE ist Anfang fünfzig. In ihrer Aussprache schwingt ein leichter deutscher Akzent mit. Sittsam zieht sie den Saum ihres Rocks bis unter das Knie.

ETTA
Er und seine Leute bearbeiteten unser Land. Wohnten zuerst in einer der Hütten für die Pflücker.

HOOKS
Dann kannte der Angeklagte den Verstorbenen, Ihren Sohn, also schon seit damals.

ETTA
Sie sind zusammen zum Angeln gegangen. Und zur Schule. Carl Junior hat ihn wie einen Weißen behandelt. Wie seine anderen Freunde auch.

Sie sagt es ohne Stolz, eher mit Bedauern.

HOOKS
Wie kam es dann zu dem Streit?

ETTA
Mein Mann hat seinem Vater (sie zeigt auf Kazuo) sieben Morgen von unserem Land verkauft. Damit fing der ganze Ärger an.

INNEN/ AUSSEN: CARL SRs FARMHAUS – TAG
Eine fünfzehn Jahre jüngere Etta beobachtet stoisch vom Fenster der Glasveranda aus, wie Carl Sr. mit dem jungen Kazuo und seinem Vater Zenichi durch die Erdbeerfelder spaziert. Carl, ein gut gealterter Mann, zieht an seiner Pfeife, als Zenichi stehenbleibt, und gestikuliert mit den Armen. Der Junge läßt den Blick von den beiden Männern weg über das Land schweifen, als versuchte er herauszufinden, wieviel ihm das alles eigentlich bedeutet.

Die beiden Männer bekräftigen ihr Abkommen mit einem herzlichen Handschlag. Etta weiß, daß sie sich damit eine Menge Ärger eingehandelt haben.

INNEN: GERICHTSSAAL – TAG

Hooks stolziert langsam und bedächtig auf und ab.

HOOKS
Wie ist das möglich? Wir wissen doch alle, daß in Japan Geborene eigentlich kein Land *besitzen* dürfen?

ETTA
Carl ließ es für sie auf seinen Namen laufen. Er nannte es Pacht. Sie zahlten ihre Raten jeden Juni und jeden Dezember ...

HOOKS
Auch das *Verpachten* ist illegal. Und als in Japan Geborene konnten sie das Land niemals legal als Eigentum erwerben.

ETTA
Ihre Kinder sind schon hier geboren. Sobald der älteste, der dort drüben, zwanzig wurde ... wollten sie die letzte Rate abliefern, und er wäre dann der neue Besitzer gewesen.

Sie faltet die Hände. Schaut Kazuo direkt ins Gesicht.

ETTA
Aber sie kamen ihren letzten beiden Zahlungen nicht nach. Damit war der Fall erledigt.

HOOKS
Kamen mit den letzten beiden Zahlungen nicht nach. Nachdem sie jahrelang keine einzige versäumt haben?

ETTA
Es war Krieg. Sie waren weg. In diese Lager verfrachtet. Mit den ganzen anderen Japsen.

INNEN: KÜCHE VON CARL SR.s FARMHAUS – TAG

Carl Sr. und Zenichi sitzen am Tisch. Carl streicht ein Plakat glatt, das Zenichi mitgebracht hat. Wir lesen: ANWEISUNG ZUR

EVAKUIERUNG ALLER PERSONEN JAPANISCHER HER-
KUNFT:

    ZENICHI (OFF)
    Wir müssen alles zurücklassen..

Carl zündet seine Pfeife an. Sein breites, wettergegerbtes Gesicht
ist von Mitgefühl gezeichnet. Etta beobachtet die Szene vom
Herd aus.

    ZENICHI
    Wenn du willst, du kannst unsere Felder bewirtschaften, die
    Beeren verkaufen, das Geld behalten. Sonst sie müssen ver-
    faulen.

Zenichi zieht ein dickes Bündel Geldscheine hervor. Legt es auf
den Tisch.

    ZENICHI
    Heute ich habe Hälfte für nächste Rate...

    CARL SR.
    Auf gar keinen Fall, Zenichi. In Zeiten wie diesen nehme ich
    dir nicht deine Ersparnisse ab.

Zenichi breitet die Scheine aus. Auf dem Tisch.

    ZENICHI
    Bitte, nehmen. Dann, ich schicke mehr von dort, wohin wir
    gehen. Wenn nicht genug, du hast immer noch sieben Mor-
    gen Erdb...

    ETTA
    Ich dachte, die schenkst du uns.

Mit einem Mal ist die Stimmung frostig.

    ETTA
    Bist du nicht hergekommen, um sie wegzugeben? Und jetzt
    willst du die andere Hälfte in Beeren wettmachen, obwohl

wir unsere Arbeit und unseren Dünger reinstecken? Machst du dir etwa da drauf Hoffnungen?

Zenichi verbirgt seinen Zorn. Sein Gesicht ist wie aus Stein gemeißelt.

ETTA
Möchtest du noch Kaffee?

ZENICHI
Nein danke. Nimm das Geld, bitte.

Aber Carl starrt seine Frau an. Sie starrt zurück. Carl dreht sich um, schiebt Zenichi das Geld zu.

CARL SR.
(noch immer Etta ansehend)
Etta war unhöflich zu dir, und ich entschuldige mich dafür. Du behältst das Geld, und das mit den Zahlungen geht schon in Ordnung. Wir regeln das später irgendwann.

INNEN: GERICHTSSAAL – TAG

ETTA
Das ›später irgendwann‹ erledigte sich dann, als mein Mann starb. Ich konnte die Farm nicht allein bewirtschaften, also… also habe ich die ganzen dreißig Morgen an Ole Jurgensen verkauft. Und diesmal sogar einen angemessenen Preis dafür gekriegt. *Außerdem…*

Setzt sich kerzengerade auf. Um den Knüller loszulassen…

ETTA
…hab' ich diesen Japsen ihr Geld zurückgeschickt, in dieses Lager in Kalifornien. Hätt' ich nicht mal tun müssen.

Hooks wartet einen Moment. Als müßte er das alles erst langsam verarbeiten. Nels' Aufmerksamkeit richtet sich jedoch voll und ganz auf Kazuo, der Etta anstarrt.

HOOKS
Dann haben sie also ihr ganzes Geld zurückbekommen?
Damit war die Sache erledigt. Oder haben Sie später noch
einmal von der Familie des Angeklagten gehört?

ETTA
Allerdings habe ich das. Der dort hat sich bei mir gemeldet.
Der dort drüben.

Sie zeigt mit dem Finger auf Kazuo, der ihren unbarmherzigen
Blick mit der gleichen Härte erwidert.

ETTA
Eines Tages stand er einfach vor meiner Tür.

**AUSSEN/ INNEN: ETTAS WOHNUNG,
AMITY HARBOR – TAG**

Kazuo steht noch in seiner Armee-Uniform in der offenen Tür.
Niemand bittet ihn herein.

ETTA
Er ist drüben, kämpft gegen die Japse. Was willst du hier?

KAZUO
(ruhig)
Ich bin gekommen, um unser Land zurückzuholen.

Er blickt ihr offen und furchtlos in die Augen. Etta ist ein bißchen
verunsichert.

ETTA
Es ist nicht euer Land. Es gehört jetzt Ole Jurgensen. Mit
ihm mußt du darüber reden.

KAZUO
Hab ich gerade getan. Er wußte nicht, daß es unser Land
war. Sie haben ihm nicht gesagt, daß Mr. Heine meinem
Vater verspro…

ETTA
Hätte ich ihm auch noch erzählen sollen, daß es da irgend-
einen illegalen Vertrag gibt, um mir alles zu vermasseln? Ihr
seid eben euren Zahlungen nicht nachgekommen. In Amerika ist es so, da kommt die Bank und nimmt einem das Land
wieder weg. Ich habe nichts Unrechtes getan.

Kazuo steht einfach vor ihr. Ruhig, ohne mit der Wimper zu
zucken.

KAZUO
Nichts Illegales. Unrecht ist etwas anderes ...

ETTA
Hau ab!

KAZUO
Sie haben unser Land einfach so verkauft, Mrs. Heine. Sie
haben die Tatsache ausgenutzt, daß wir nicht hier waren.
Sie ...

KNALL. Sie hat ihm die Tür vor der Nase zugeschlagen. Kazuo
bleibt davor stehen. Als überlegte er noch.

Ob er sie nicht eintreten soll.

AUSSEN: STRASSE IN AMITY HARBOR– TAG

Kazuo geht die steile Holztreppe, die zu ihrem Haus führt, hinunter. Einen Augenblick bleibt er stehen, als schwankte er. Und
legt die Hand auf den Handlauf, als müsse er sich irgendwo stüt-
zen.

AUSSEN: BEWALDETE HÜGELLANDSCHAFT – TAG

Eine bewaldete europäische Hügellandschaft. Ein Sommernach-
mittag. Bienen summen ... NAH AUF einen Soldaten in der Uniform der U.S. Army. Es ist Kazuo, die Augen forschend in die
Ferne gerichtet. Plötzlich zerreißt eine Maschinengewehrsalve
die Luft. Verstummt wieder. Ebenso plötzlich.

Kazuo gibt einem Kameraden, ebenfalls ein Japaner, ein Zeichen. Ein Gefecht bricht aus. Ein halbes Dutzend Mann hastet von einer Deckung zur anderen einen Hügel hinauf. Es sind alles Japano-Amerikaner. Von der anderen Seite des Tales ertönen weitere Schüsse. Einige Detonationen. Zwei Soldaten fallen. Die anderen ziehen sie in Deckung.

Kazuo, jetzt ganz allein, schiebt sich vorsichtig um einen Baumstamm, schleicht weiter den Abhang hinauf. Jetzt sehen wir sein Ziel: eine primitive, bunkerähnliche Konstruktion nahe der Hügelkuppe.

Vorsichtig nähert sich Kazuo dem Maschinengewehrnest. Er hakt eine Handgranate los und zieht den Stift heraus. Hält sie kurz in der Hand, macht dann einen Schritt zur Seite und schleudert sie in die Öffnung.

Er wirft sich hinter einen umgestürzten Baum. Eine gedämpfte EXPLOSION. Erdklumpen regnen auf Kazuo herab.

NAH AUF den Eingang. Von innen sind ein paar Beine zu sehen. Jemand liegt auf dem Boden. Kein Anzeichen von Bewegung mehr.

Nach und nach schiebt sich Kazuo in eine bessere Position. Vorsichtig arbeitet er sich an die qualmenden Trümmer heran. Jetzt sieht er drinnen drei tote deutsche Soldaten. Der vierte ist noch ein Junge, kaum sechzehn, und schwer verwundet. Als er Kazuo erblickt, streckt er unter Schwierigkeiten die Hand hinter einen Haufen Schutt. Kazuo stellt rasch einen Stiefel auf das Handgelenk des Jungen, um ihn davon abzuhalten. Dann sieht er, daß sich der linke Arm des Jungen in der Dunkelheit neben dem gestiefelten Fuß eines seiner toten Kameraden bewegt. In einer Reflexhandlung schlägt Kazuo dem Jungen den Gewehrkolben seitlich an den Kopf. Ein blitzschneller Gnadenstoß. Im Kendo-Stil. Aus der Hand des Jungen fällt: eine Wasserflasche.

AUSSEN: STRASSE IN AMITY HARBOR – TAG

Kazuo setzt sich in Bewegung und entfernt sich von Ettas Haus.

HALBTOTALE...wir sehen, wie er sich voller Zorn die Armee-
mütze vom Kopf reißt.

INNEN: GERICHTSSAAL – TAG

Hooks dreht sich herum und deutet mit dem Zeigefinger auf Nels.

> HOOKS
> Ihre Zeugin.

Nels bleibt sitzen und lehnt sich gelassen zurück. Begegnet Ettas
feindseligem Blick mit betont gleichmütiger Miene.

> NELS
> Nur drei Fragen. Die Familie Miyamoto kaufte Ihnen die sie-
> ben Morgen für 4500 Dollar ab?

> ETTA
> Sie versuchten es. Kamen aber mit den Raten nicht nach.

> NELS
> Zweite Frage. Was bezahlte Ihnen Ole Jurgensen pro Mor-
> gen?

> ETTA
> Eintausend.

> NELS
> Dann standen also 4500 Dollar gegen 7000 Dollar, richtig?
> Nachdem Sie die geleisteten Zahlungen zurückgeschickt
> hatten, blieb Ihnen also ein Gewinn von 2500 Dollar.

> ETTA
> Ist das Ihre dritte Frage?

> NELS
> Allerdings.

> ETTA
> Sie haben richtig gerechnet.

Der alte Mann lächelt dünn und kalt.

NELS
Sie auch, Mrs. Heine. Keine weiteren Fragen.

DER RICHTER wirft einen kurzen Blick auf Hooks. Dann:

RICHTER
Sie können wieder an Ihren Platz zurück, Mrs. Heine.

EINSTELLUNG auf Kazuo. Er sieht zu, wie Etta sich aus dem
Zeugenstand erhebt.

Richter Lew Fielding neigt sich zu den Geschworenen hinüber...

RICHTER
Tut mir leid, daß ich Sie bei diesem Wetter von Ihren Fami-
lien trennen muß. Ich hoffe, daß Sie sich heute nacht im
Hotel einigermaßen wohlfühlen. Und eine Sache noch...

Er lächelt gütig. Und spricht jetzt direkt in Richtung Presseempore.

RICHTER
Dieses Gericht nimmt richterlich zur Kenntnis, daß morgen
der Jahrestag des Angriffs auf Pearl Harbor ist.

Kleine Pause. Um sicherzugehen, daß auch alle zuhören.

RICHTER
Was in *keinerlei* Beziehung zu dieser Verhandlung steht. Aus
welchem Grunde ich es eigens erwähne.

Der Hammer fährt KRACHEND nieder.

RICHTER
Morgen früh, 9 Uhr 30, Leute. Haltet euch warm.

AUSSEN: GERICHTSGEBÄUDE – ABEND

Es ist schon dunkel, als Ishmael in den Schnee hinaustritt. Leute huschen eilig über die Straße. Am Randstein geparkte Autos stoßen zurück und fahren weg.

Im Licht der Straßenlaterne erblickt Ishmael Nels, die Schultern gegen die Kälte hochgezogen, langsam vom Gericht davongehen. Allein.

AUSSEN: TORGERSONS TANKSTELLE – ABEND

An einem Reifen werden SCHNEEKETTEN aufgezogen.

DAVE TORGERSON pumpt Benzin für Ishmael, während sein halbwüchsiger Sohn die Ketten festmacht. Rings um die Benzinpumpen herrscht reger Betrieb.

DAVE
Schneeflöckchen, Weißröckchen!

Er lacht herzhaft.

ISHMAEL
Der heftigste Schneesturm, an den ich mich erinnern kann.

DAVE
Wo warst du denn 1929? Das war vielleicht ein Schneesturm. Der reinste Blizzard.

Ishmael zuckt unverbindlich mit den Schultern. Inseltratsch.

DAVE
Du glaubst mir wohl nicht? Wenn du's genau wissen willst, kannst du jederzeit in den Wetterunterlagen der Küstenwache nachsehen.

ISHMAEL
Vielleicht ist da sogar 'ne gute Geschichte drin.

DAVE
Immer nur kritzeln, kritzeln, kritzeln! Während wir anderen
für unser Geld richtig arbeiten müssen!

Ishmael grinst. Er ist solche Frotzeleien gewohnt.

INNEN: NELS' WOHNUNG – ABEND

Nels in Hemdsärmeln an seinem Tisch. Er sitzt nachdenklich über
den Resten seines Abendessens. Schaut zum Fenster hinaus, um
zu sehen, wie das Wetter ist. Er faßt einen Entschluß und packt
seinen Mantel.

An der Tür zögert er noch einen Augenblick. Dann geht er zum
Tisch zurück und nimmt eine ZIGARRENKISTE und ein
SCHACHBRETT. Darauf verläßt er die Wohnung.

AUSSEN: LEUCHTTURM DER KÜSTENWACHE, POINT
WHITE – NACHT

…der LEUCHTTURM zerschneidet mit seinem Lichtstrahl
Schnee, Küste und Wasseroberfläche. Ein Nebelhorn TUTET.

Der Chrysler parkt ein. Ishmael steigt aus und stapft auf den Be-
tonturm zu.

INNEN: AKTENRAUM DES LEUCHTTURMS – NACHT

Eine Aktenschublade wird aufgezogen. Wetterberichte, Monat
für Monat säuberlich abgeheftet.

LEVANT
Alles genau datiert. Wir ordnen hier alles nach Datum.
Funksprüche, Schiffsverkehr, Wetterberichte, die ganze Pa-
lette.

Der junge Funker von der Küstenwache zeigt auf die Schachteln
und Kisten, die in dem überfüllten Raum vom Boden bis zur
Decke aufgestapelt sind.

LEVANT
Diese Kisten verzeichnen alles, bis zurück zu Noah. Aber letztendlich kümmert sich nie wieder jemand darum.

Ishmael betrachtet nickend die Informationsflut. Da kommt ihm ein Gedanke.

ISHMAEL
Sie überwachen also den gesamten Funkverkehr? Auch die Fischer und all sowas?

LEVANT
Ja, alles mögliche halt. Einige von diesen Jungs wissen wirklich nicht, wann sie die Klappe zu halten haben.

Er geht auf die Tür zu.

LEVANT
Rufen Sie, wenn Sie mich brauchen.

Ishmael wirft einen raschen Blick auf die offenstehende ›Dezember‹-Schublade. Dann zieht er eine andere auf und fingert sich die Akte mit der Aufschrift ›September‹ heraus.

INNEN: GEFÄNGNIS – NACHT

Kazuo liegt auf seiner Pritsche. Das Geräusch eines Schlüssels im Türschloß. Kazuo setzt sich auf, Abel Martinson tritt ein, gefolgt von Nels.

Abel geht wieder und schließt die Tür hinter sich ab. Nels klappt die Zigarrenkiste auf und nimmt eine Zigarre heraus. Bietet Kazuo eine an.

NELS
Ich hätte schon vor Wochen daran denken sollen. Schon seit fünfzig Jahren suche ich jemanden, der genug Freizeit hat, um mit mir Schach zu spielen.

Er legt das Brett zwischen sie.

NELS
Weiß oder Schwarz?

KAZUO
Beides hat seine Vorteile. Wählen Sie.

NELS
Die meisten Spieler wollen lieber eröffnen. Wie kommt das
eigentlich?

KAZUO
Wahrscheinlich spielen sie lieber aus der Offensive.

NELS
Sie nicht?

Kazuo nimmt einen Bauern in jede Hand und streckt sie Nels entgegen.

KAZUO
So ist es am besten.

NELS
Wenn wir es dem Zufall überlassen, ist die Linke so gut wie
die Rechte.

Kazuo sieht ihn an. Wofür wird er sich entscheiden?

Nels tippt auf eine Hand. Kazuo öffnet sie. Schwarz.

NELS
Sie sind dran.

INNEN: AKTENRAUM DES LEUCHTTURMS – NACHT

Ishmael in die Akte vertieft, die aufgeschlagen vor ihm auf dem
Tisch liegt.

NAH auf den Bericht, den er gerade liest.

»16. September.
1 UHR 41 FRACHTER S.S.WEST CORONA VOM KURS AB-
GEKOMMEN. ERBITTEN SIGNAL.
1 UHR 42 S.S.WEST CORONA KURSKORREKTUR VIA SHIP
CHANNEL BANK.«

Ishmael zieht das Notizbuch aus der Tasche, das er auch im Gerichtssaal benutzt. Blättert hin und her. Findet, wonach er ge-
sucht hat. Er legt das Notizbuch neben den aufgeschlagenen Bericht.

Sein Finger vergleicht zwei Einträge.

»1 UHR 42« und »1 UHR 47: CARL HEINES UHR BLEIBT
STEHEN.«

Ishmael überlegt. Steckt das Notizbuch weg. Brütet noch einige
Sekunden über dem Bericht.

    ISHMAEL
    (laut rufend)
    Hey! Levant!

                  SCHNITT AUF:

INNEN: AKTENRAUM DES LEUCHTTURMS – NACHT

EINSTELLUNG AUF einen Kartentisch.

Ishmael und Levant über eine Karte gebeugt. Levant erklärt.

    LEVANT
    Da ist der Schiffahrtskanal. Jeder Frachter, der vom Kurs ab-
    kommt, kann hier durch abkürzen.

Sein Finger halbiert SHIP CHANNEL BANK.

    LEVANT
    Aber das passiert nur, wenn wir wirklich dicke Suppe haben.

ISHMAEL
Werfen denn nicht die Kiemenfischer ihre Netze dort vor der
Bank aus?

LEVANT
Nicht einmal die Burschen sind so verrückt, in dichtem
Nebel dort draußen herumzuhängen! Die hauen dann
schleunigst ab.

Er sieht zu Ishmael auf.

LEVANT
Was hat das denn mit Ihrem Artikel über den Schneesturm
zu tun?

ISHMAEL
Eigentlich nichts. Ich bin nur neugierig.

Levant klappt den Ordner zu und will ihn zum Schrank zurück-
bringen.

ISHMAEL
Das mach' ich schon.

Während er den Ordner in die Schublade zurücksteckt, zieht er
geschickt den Funkbericht heraus und steckt ihn in die Tasche.

INNEN: GEFÄNGNIS – NACHT – SPÄTER

Das Schachspiel ist vorangeschritten. Mehr schwarze als weiße
Figuren stehen auf dem Brett. Kazuo betrachtet das Brett schweigend. Ein kleines Lächeln. Mit einer ruhigen Bewegung kippt er
den König um. Räumt damit seine Niederlage ein.

Nels ZÜNDET ein Streichholz an und führt es an seine Zigarre.
Kazuo legt seine Zigarre zur Seite.

NELS
Die Geschworenen sehen das, was ich sehe. Jedenfalls meistens.

KAZUO
Und was sehen Sie?

NELS
Was ich sehe? Ich sehe einen schuldigen Mann.

KAZUO
Schon möglich. Fragen Sie die Männer, die ich im Krieg
getötet habe.

NELS
Das war im Krieg.

KAZUO
Sie verstehen mich nicht.

Nels zieht an der Zigarre. Mustert Kazuos Gesicht.

NELS
Aber... diese Geschworenen fragen sich, welchen Grund
Sie hatten? Carl Heine umzubringen. Gut, zunächst einmal
geht es um das Land selbst.

Kazuo sagt kein Wort.

NELS
Und dann haben wir die Vorurteile. Ihre Leute in einem
Konzentrationslager eingesperrt. Ihr Vater kehrt nicht mehr
zurück. Sie ziehen in den Krieg und kämpfen gegen die Na-
zis. Als Sie zurückkommen, hat sich hier einiges verändert.

Nels lehnt sich verdrossen an die Wand.

NELS
Und dann gibt es noch Anständigkeit und Ehre. Das alte
Miststück hat Sie betrogen. Mann, die ist schon 'ne Marke.

KAZUO
Sie steht nicht allein mit ihrer Meinung.

NELS
Da ist was Wahres dran.

Nels schüttelt den Kopf.

NELS
Aber ich will Ihnen etwas sagen. Mr. Hooks ist der eine
Grund entgangen. Der einzige Grund. Aus dem Sie es hät-
ten tun können.

Ein Aufblitzen. In den Augen des Angeklagten.

NELS
Ich habe Sie während Etta Heines Aussage genau beobachtet. Sie dachten dabei nicht an sie. Auch nicht an das Land.
Oder an sich selbst. Nein, es ging nicht um Sie, nicht Sie
wurden bei dieser Sache entehrt.

Er seufzt.

NELS
Ihr Vater war ein ehrenhafter Mann. Der eigene Tod war ihm
lieber, als …

KAZUO
(abrupt)
Worauf wollen Sie hinaus?

NELS
Ich will auf Ihre Verhandlung hinaus, Kazuo. Sie sind des
Mordes angeklagt, und zwar vorsätzlichen Mordes. Und
wenn Sie es nicht darauf angelegt haben, an den Galgen zu
kommen …

Nels' Worte stehen zwischen ihnen. Kazuos Gesicht verrät nichts.

NELS
Reden wir über morgen. Die Geschworenen werden mit
einem Auge auf die Beweislage schielen. Und mit dem anderen auf Sie. Zeigen Sie ihnen einen unschuldigen Menschen.

Kurzes Schweigen. Kazuo denkt darüber nach.

KAZUO
Wissen Sie, was ich von meinem Vater gelernt habe? »Das Schicksal steht nur den Mutigen bei.« Das sagte er mir immer.

NELS
Ihr *Vater*. Der Wunsch Ihres Vaters wäre es, daß Sie zu Ihrer Familie zurückkehren. Das hat nichts mit Schande oder Unehrenhaftigkeit zu tun.

Kazuo setzt sich gerade auf. Sein Rücken versteift sich. Seine Züge nehmen wieder den gewohnt neutralen Ausdruck an. Nels seufzt. Will sich erheben.

NELS
Die Mutigen sind manchmal die reinsten Narren.

INNEN: WOHNZIMMER IM HAUS DER IMADAS – NACHT

Sumiko setzt sich mit zwei Tassen Tee zu ihren Eltern an den Tisch.

SUMIKO
Sie schläft.

INNEN: SCHLAFZIMMER IM HAUS DER IMADAS – NACHT

NAH AUF Hatsue. Ihr Kopf auf dem Kopfkissen. Die Augen sind offen.

AUFMACHEN. Wir sehen ihre beiden Kinder im Bett neben ihr. Sie schlafen fest. Hatsue jedoch liegt hellwach. Draußen, hinter den Gardinen, fällt leise der Schnee.

Auf dem Nachttisch flackert eine Kerze. NAH AUF die Kerze, bis wir uns mit einem Mal ...

SCHNITT AUF:

INNEN: BUDDHISTISCHES GOTTESHAUS – NACHT

…in einem provisorisch zusammengezimmerten Gotteshaus befinden. Kerzen, Früchte als Opfergaben. Ein junges Paar gemeinsam vor einem buddhistischen PRIESTER. Kazuo, jetzt in der Uniform der U.S.Army, und Hatsue in ihrem besten Kleid. Sie heiraten.

AUSSEN: INTERNIERUNGSLAGER MANZANAR/ AUSSEN: BUDDHISTISCHES GOTTESHAUS – NACHT

Ein Scheinwerfer streicht über Stacheldraht, lange Reihen dunkler Baracken, die im wirbelnden Staub nur undeutlich zu erkennen sind.

Unser junges Brautpaar und seine Hochzeitsgesellschaft taumeln lachend in die stürmische Nacht hinaus, wo sie rasch auseinanderlaufen, um dem Staub zu entgehen.

INNEN: BARACKE DER IMADAS – SPÄTER

Ein überfüllter, baufälliger Raum. Staub fegt durch die Lücken zwischen den Balken herein. FUJIKO IMADA befestigt die letzte wollene Armeedecke so, daß der Raum in zwei Hälften geteilt wird: Auf der anderen Seite sehen wir…

…Kazuo auf einer Kiste stehen. Er dreht an der Glühbirne, um das Licht auszumachen. Dann stehen die Frischvermählten in ihren Hochzeitsgewändern am Fenster. Küssen sich. Langsam und ausgiebig. Bis sie ihm ins Ohr flüstert…

            HATSUE
            Sie werden alles hören.

Und ihr junger Ehemann dreht sich um. Spricht in Richtung Vorhang.

            KAZUO
            (lauter)
            Ein bißchen *Musik* wäre jetzt wirklich nett!

Kurz darauf setzt MUSIK ein. Ein Schellackplattenspieler zum Ankurbeln.

Er nimmt ihre Hand und legt sie auf seinen obersten Knopf. Ermuntert sie dazu, ihm das Hemd aufzuknöpfen.

> HATSUE
> Warum mußt du dich denn freiwillig melden…

> KAZUO
> Ich muß einfach. Verstehst du das nicht?
> (zum Vorhang)
> Geht die Musik auch ein bißchen lauter, bitte? Wir hören hier drüben kaum was!

Das Mädchen kichert lautlos. Als die Musik LOSPLÄRRT, streicht er ihr eine Haarsträhne von der Wange. Er küßt ihr Gesicht und hakt ihr Kleid auf.

Auf der anderen Seite des Vorhangs liegt Sumiko im Bett. Sie sieht, wie Hatsues Kleid hinter dem Vorhang auf den Boden fällt.

INNEN: BARACKE DER IMADAS – NACHT

SPÄTER… die Frischvermählten liegen jetzt auf ihrer Pritsche. Nah beieinander. Nackt und voller Lust aufeinander.

> KAZUO
> Hast du das schon mal gemacht?

> HATSUE
> Noch nie. Du bist mein Einziger.

Und als er in sie eindringt. Als sie ihn mit aller Kraft an sich drückt. Haucht er in ihr Ohr…

> KAZUO
> (auf japanisch)
> Jetzt begreife ich die allertiefste Schönheit.

INNEN: SCHLAFZIMMER IM HAUS DER IMADAS – NACHT

Hatsue dreht sich auf die andere Seite und kuschelt sich an ihre Tochter. Ihr Blick fällt auf eine Zeitung, die neben dem Bett liegt.

Es ist eine Ausgabe der ISLAND REVIEW. Die Schlagzeile lautet: ›Erster Mordprozeß auf der Insel seit 31 Jahren begonnen.‹

INNEN: SCHULBUS – TAG

Hatsue sitzt bei den japanischen Kindern. Ishmael bei seinen Freunden. Der Bus ist voll mit Jugendlichen, die mit versteinerten Gesichtern dem BUSFAHRER zuhören, der mit drohender Geste seine ISLAND REVIEW in Richtung der japanischen Seite des Busses wedelt...

> BUSFAHRER
> ...nicht nur in *Hawaii,* sie greifen *überall* im Pazifik an, die gesamte *Flotte* ist vernichtet. Das FBI ist schon in Seattle...

Er unterbricht sich. Sein Blick wandert von einem japanischen Gesicht zum anderen. Hören die überhaupt zu?

> BUSFAHRER
> ...und nimmt dort japanische Verräter fest, Spione und sonstwas. Heute abend ist Verdunkelung, also dichtet eure Fenster gut ab. Damit die Japse uns nicht finden. Habt ihr das kapiert?

Er starrt sie vernichtend an. Bis, von der anderen Seite des Busses...

> ISHMAEL (OFF)
> Hey, Mr. Lamberson!

Die Augen des Fahrers zucken herum.

> ISHMAEL
> Wir haben's kapiert!

Hatsue und die meisten anderen haben sich umgedreht und sehen Ishmael an. Einen kurzen, köstlichen Augenblick verschmelzen ihre Blicke ineinander. In aller Öffentlichkeit.

INNEN: ISHMAELS WOHNUNG – NACHT

Die Tür geht auf. Ishmael betritt seine Wohnung. Streift sich den Mantel mit einem Achselzucken von den Schultern. Hängt ihn auf.

Dann zieht er die Notizen von dem Leuchtturm aus der Manteltasche und breitet sie auf dem Schreibtisch vor dem Erkerfenster aus. Draußen fällt der Schnee in endlosen Kaskaden auf die Hauptstraße. Ishmael denkt über die neuen Informationen nach. Dreht sie in seinem Kopf herum. Dabei klopft seine Hand müßig auf seine altmodische Schreibmaschine.

Das GERÄUSCH rasch angeschlagener Schreibmaschinentasten, UND WIR BEFINDEN UNS IM...

SCHNITT AUF:

INNEN: REDAKTIONSBÜRO DER ISLAND REVIEW – SPÄTER NACHMITTAG, REGEN

...und Ishmael tippt wie wild drauflos. Arthur schreitet mit hochgerollten Hemdsärmeln auf und ab. Er trägt Hosenträger und keine Krawatte. Er textet den Leitartikel des Tages, laut, zum Mitschreiben für seinen Sohn.

ARTHUR
Diese Leute sind unsere Nachbarn, die ihre Söhne in die Armee der Vereinigten Staaten geschickt haben. Sie sind ebensowenig unsere Feinde wie unsere Nachbarn deutscher Herkunft auf dieser Insel...

Er zögert kurz. Dann...

ARTHUR
...wie unsere Nachbarn deutscher oder italienischer Herkunft. Laßt uns so leben, daß wir, wenn alles vorbei ist, einander offen ins Gesicht sehen können und wissen, daß wir ehrenhaft gehandelt haben.

Er beugt sich über Ishmael und REISST die Seite aus der Schreibmaschine. Überfliegt sie und gibt sie Ishmael zurück.

ARTHUR
Würdest du das bitte für mich setzen?

Er fängt an, seine Brille zu putzen und verläßt dabei die Redaktion.

INNEN: SATZRAUM DER ISLAND REVIEW – NACHT

Ishmael ist dabei, den Leitartikel zu setzen. Von nebenan RATTERT die Druckmaschine. Ishmael liest den Probedruck mit dramatischer Betonung laut vor. Wie ein Politiker bei einer öffentlichen Versammlung.

ISHMAEL
Laßt uns SO leben, daß wir, wenn alles VORBEI ist, einander offen ins Gesicht sehen können und WISSEN, daß wir EHRENHAFT gehandelt haben.

Er blickt auf und sieht, daß ihn Arthur von der Tür aus beobachtet hat. Mit gewölbter Augenbraue.

ARTHUR
(trocken)
Fertig?

ISHMAEL
So gut wie!

Arthurs Gesichtsausdruck verändert sich nicht. Nur eine kleine Lachfalte verrät, daß seine Strenge nur gespielt ist.

INNEN: HAUS DER IMADAS – DÄMMERUNG

Überall hektisches Treiben. Fujiko hängt eine Decke vor das Fenster, um es zu verdunkeln. Hisao nimmt seine Schrotflinte von der Wand und legt sie neben einer Packung Munition auf den Tisch.

AUSSEN: ZEDERNWALD – ZWIELICHT

Hatsue ist vom Laufen durch den Wald noch ganz außer Atem. Ishmael versucht sie zu beruhigen.

> HATSUE
> Sie haben Mr. Shirasaki festgenommen, und seine Familie darf das Haus nicht verlassen. Sie behaupten, er habe seine Erdbeerreihen so gepflanzt, daß sie wie ein Pfeil den feindlichen Bombern den Weg zu einem Flottenstützpunkt zeigen.

Sie ist außer sich.

> HATSUE
> Diese Reihen wurden schon vor unserer Geburt dort gepflanzt.

Er versucht sie aufzumuntern… Beugt sich zu ihr und küßt sie.

> ISHMAEL
> Diabolisch. Siehst du, genau das ist es, was euer Volk so gerissen macht.

Sie stößt ihn weg. Aufgeregt.

> HATSUE
> Sieh mir ins Gesicht. Es ist das Gesicht der Menschen, die Pearl Harbour bombardiert haben. Mein Vater spricht nicht gut Englisch. Wir stecken ziemlich in der Klemme, verstehst du das?

Er legt einen Finger auf ihre Lippen und streicht eine Haarsträhne zur Seite.

ISHMAEL
Es wird schon alles wieder gut.

Sie streckt die Hand aus und berührt zärtlich sein Gesicht.

AUSSEN: HAUS DER IMADAS – ABEND

HATSUE nähert sich dem Haus, in ihrer Schürze hat sie ein paar Beeren gesammelt. Sie blickt auf. Ein schwarzes Auto fährt auf das Haus zu. Die Scheinwerfer sind abgedunkelt. Hatsue erstarrt. Beobachtet. Zwei Männer in Anzügen steigen aus. Sie unterhalten sich, haben Hatsue nicht bemerkt. Sie setzen ihre Hüte nicht erst auf und gehen an die Haustür.

INNEN: FARMHAUS DER IMADAS – ABEND

NAH AUF Hatsue. Ihr Blick verrät mehr stummen Zorn als Angst.

HISAO (OFF, mit zitternder Stimme)
Wir sind keine Verräter. Das ist zu unserer eigenen Verteidigung.

AUFZIEHEN, bis wir den ganzen Raum überblicken können. Hatsue und ihre Schwestern stehen nebeneinander und blicken zum Tisch. Darauf liegen eine Schrotflinte, vier Schachteln Munition und ein zeremonielles Schwert. FBI-AGENT CRAWFORD versieht jeden Artikel mit einem Etikett. Auf seinem Gesicht ein unsicheres Dauerlächeln.

FUJIKO
Jeder auf dieser Insel hat sowas.

Fujiko an der Seite ihres Ehemannes. Sie ist leicht ungehalten. Er hat Angst.

AGENT CRAWFORD
(übertrieben lässig)
Ach, die behalten das Zeug eine Zeitlang, dann schicken sie
es euch wieder zurück. Ihr müßt euch deswegen keine Sor-
gen machen.

Dann geht er zu dem *Tansu* hinüber, einer Schubladenkommode,
und fängt an, Sachen daraus hervorzuziehen...

AGENT CRAWFORD
Ihr seid sehr zuvorkommend, Leute, und wir sind auch
gleich wieder vom Acker...

...einen Seidenkimono mit einer Schärpe aus Goldbrokat...

AGENT CRAWFORD
Sehr hübsch. Aus der alten Heimat, wie's aussieht. Wirklich
toll.

Er legt den Kimono auf einen anderen Tisch, neben einen Stapel
mit Shakuhachi-Notenblättern und eine BAMBUSFLÖTE. Es ist
die Flöte, die Ishmael damals Hatsue am Fenster hat spielen
sehen.

AGENT CRAWFORD
Das sind wirklich sehr schöne Sachen. Man wird besonders
sorgfältig damit umgehen.

Er HÄLT die Flöte jetzt in Höhe der Lippen, als beabsichtige er
darauf zu spielen. Dann fällt sein neckischer Blick auf Hatsue.
Nur ein Scherz. Hatsue bleibt ungerührt, verschafft ihm nicht die
Genugtuung einer Reaktion.

SUMIKO
Müssen Sie wirklich auch die Flöte mitnehmen?

Fujiko ist außer sich. Hisaos Gesicht ist von Wut und Angst gezeichnet...

AGENT CRAWFORD
…doch, doch, wir müssen alles Zeugs aus der alten Heimat mitnehmen.

Da sieht er auf dem Sofa ein offenes Notizbuch liegen. Schlendert hinüber. Nimmt es in die Hand. Sieht nicht, wie Hatsue vor Abscheu erstarrt, während er, darin herumblätternd, zum Flur wandert…

AGENT CRAWFORD
(laut RUFEND)
Wilson? Du sollst doch die Finger von der Unterwäsche lassen!

Und lacht trocken auf. Er weiß, daß sie sich über einen kleinen Scherz freuen. Als Zeichen dafür, daß sie sich nicht zu ängstigen brauchen. Er hört jetzt auf zu blättern. Hebt den Blick, sucht, bis seine Augen Hatsue gefunden haben.

AGENT CRAWFORD
Erdbeerprinzessin, was? Da warst du bestimmt sehr stolz drauf, was?

Das KNALLEN einer Fliegentür. FBI-AGENT WILSON kommt mit einer Holzkiste herein.

AGENT WILSON
(in verhaltenem Triumph)
Dynamit. Vierundzwanzig Stangen.

Knallt die Kiste auf den Tisch. Direkt neben den Kimono.

HISAO
Das ist für Baumstümpfe. Zum Roden, neues Land gewinnen.

Das Lächeln des Agenten erstirbt.

AGENT CRAWFORD
Kann sein. Kann sein. Trotzdem – sieht nicht gut aus, verstehen Sie?

Fujiko nimmt die Hand ihres Mannes. Um ihm Kraft zu geben.

AGENT WILSON
Das ist illegale Schmuggelware. Ihr hättet das Zeug abgeben müssen. Wir ... äh ...

Er zuckt kurz mit der Schulter.

AGENT CRAWFORD
Jetzt müssen wir euch festnehmen. Mitnehmen, nach Seattle.

Fujiko verschlägt es den Atem. Eine ihrer Töchter wimmert leise. Wilson hakt ein Paar Handschellen von seinem Gürtel los, doch ...

AGENT CRAWFORD
Ach was, die brauchen wir nicht. Mister Ie-ma-da-san hier ist ein echter Gentleman.

Die jüngeren Mädchen fangen zu weinen an, klammern sich an ihre Schwestern.

HATSUE
Das können Sie nicht tun! Er hat nichts Unrechtes getan ...

Fujiko bringt Hatsue mit einer Geste zum Schweigen.

AGENT CRAWFORD
Ein ehrlicher Mann tut wohl am besten daran, seinen Namen ein für allemal reinzuwaschen. Er ist bestimmt bald wieder bei Ihnen.

Sie nehmen die konfiszierten Gegenstände mit und eskortieren Hisao zur Tür.

HISAO
(zu Fujiko)
Ruf Kenji Yamamoto an. Sag ihm, man hat mich festgenommen.

AGENT CRAWFORD
Sparen Sie sich die Mühe. Den haben wir auch kassiert.

AUSSEN: HAUS DER IMADAS – NACHT

Zwischen den beiden Agenten eingekeilt, geht Hisao über die
Veranda. Wilson stößt mit dem Hut an ein Windspiel. Es klingelt
hell auf. Er sieht auf, dann streckt er die Hand aus und nimmt es
herunter.

Von der Schwelle aus schaut ihm die Familie dabei zu. Die jüngeren Mädchen schluchzen.

Das unpassend beruhigende Klimpern des Windspiels begleitet
die Männer bis zu dem wartenden schwarzen Auto.

AUSSEN: WALD – NACHT

Laternenlicht. Ein aufgeworfener Haufen Erde. Zenichi stößt die
Schaufel hinein. Kazuo sieht zu, wie er in die Knie sinkt und verschiedene Dinge aus einem Leinensack herausholt. Und sie in
eine aufgeklappte Stahlkassette legt...

...hölzerne Schwerter, *hakama*-Hosen, ein Shinai, sorgfältig beschriebene Schriftrollen. Der Dialog erfolgt auf japanisch mit
Untertiteln...

ZENICHI
Dein Urgroßvater war ein Samurai, ein hervorragender Soldat.

Der Vater sieht den Sohn nicht an. Konzentriert sich auf seine
Arbeit.

ZENICHI
Er nahm sich selbst das Leben. Auf dem Schlachtfeld. Bei
Kumamoto.

Der Junge kennt die Geschichte. Trotzdem konzentriert sich sein
ganzes Wesen auf jedes einzelne Wort.

ZENICHI
Er zog mit einem Schwert in den Krieg. Gegen Gewehre,
mußt du wissen. Er wußte, was die Ehre gebot.

Ein elegantes SCHWERT. Seine gebogene Klinge funkelt im
Laternenlicht.

ZENICHI
Er war ein zorniger Mann. Vielleicht verrückt. Aber er
wußte, was die Ehre gebot.

Ein Extrasack, nur für das Schwert. Er schlägt es voller Respekt
ein.

ZENICHI
Ehre kann Loyalität gebieten. Rache. Den Tod.

Er legt es in die Grube. Zusammen mit den anderen Säcken.

ZENICHI
Die Ehre ist die *einzige* Waagschale. In der unsere Würde
gemessen wird. Jedes Leben geht einmal zu Ende. Und wenn
es in Unehre endet. Dann ist es so, als ...

KAZUO
... als wäre es nie gelebt worden.

INNEN: HAUS DER CHAMBERS, ARTHURS ARBEITSZIM-
MER – SPÄTER NACHMITTAG

Das Telefon klingelt. Arthur greift nach dem Hörer und nimmt
ab. Eine schrille, quäkende Stimme ist zu hören. Arthur legt den
Hörer ausdruckslos wieder auf.

Jetzt sehen wir: Helen an Arthurs riesigem Schreibtisch aus
Kirschholz, wo sie Anzeigenrechnungen in ein Hauptbuch über-
trägt. Ihr gegenüber sitzt Ishmael und liest die Zeitung. Die
Schlagzeile lautet: INSELJAPANER AKZEPTIEREN ARMEE-
BEFEHL ZUR EVAKUIERUNG.

HELEN
Das kommt mir ziemlich unglaubhaft vor ...

ISHMAEL
(bezieht sich auf den Artikel)
Vielleicht doch, Mom. Hier steht, daß 23 Damen von der El-
tern-Lehrer-Vereinigung geehrt wurden, und Dad sucht sich
drei Namen heraus. Alle drei Japanerinnen. Das ist doch
kein Journalismus.

Helen wirft ihrem Ehemann einen kurzen Blick zu. Er lächelt.
Eine altbekannte Debatte.

ARTHUR
Weil ...?

ISHMAEL
Weil Journalismus – nur – die – Tatsachen – bringt.

ARTHUR
Welche Tatsachen? Man kann nicht sämtliche Tatsachen
drucken. Journalismus heißt abwägen. Herausfiltern, was
wichtig ist.

Wieder klingelt das Telefon. Diesmal hält Arthur ihnen den Hörer
hin:

TELEFONSTIMME
»Du weißt doch, was mit Japsen-Freunden passiert. Die
kriegen die Eier abgeschnitten und in den eigenen ...«

Arthur legt den Hörer wieder auf.

HELEN
Das ist kein Spaß mehr, Arthur.

ARTHUR
Das vergeht schon wieder.

HELEN
Hast du dir die Briefe denn nicht angesehen?

Sie gibt ihm einen davon. Arthur lehnt sich zurück. Liest laut vor.

ARTHUR
›Sieht ganz so aus, als stünden Sie auf der Seite der Japse,
Art … Ihre Zeitung ist eine Beleidigung für jeden weißen
Amerikaner. Hiermit kündige ich mein Abonnement …‹

Ein Lächeln in seiner Stimme. Es ist ein trauriges Lächeln.

ISHMAEL
Was willst du tun?

ARTHUR
Ihm seine Rückvergütung überweisen.

Ishmael blättert durch die Zeitung.

ISHMAEL
Wo ist denn die Anzeige von Petersen, die ich aufgesetzt
habe?

ARTHUR
Hat er zurückgezogen.

HELEN
Genau wie Lottie Opsvig und Larsen. Und das Café auch.

Kurzes Schweigen.

ISHMAEL
Was nun?

Arthur überlegt einen Moment. Helen macht mit ihrer Arbeit
weiter.

ARTHUR
Statt acht Seiten nur vier drucken?

INNEN: TURNSAAL EINER SCHULE IN MONTANA/
SCHLAFSAAL EINES ARBEITSLAGERS – ABEND

NAH AUF HISAO. Er sitzt im Schneidersitz auf einer Pritsche
und schreibt einen Brief.

> HISAO (OFF)
> (japanisch mit Untertiteln)
> ›…wir müssen Gräben für ein Bewässerungssystem ausheben. Ich lege in der Wäscherei Wäsche zusammen und
> bügele sie…‹

FAHRT ZURÜCK und AUFZIEHEN, so daß wir erkennen, daß
er sich in einer riesigen Turnhalle mit Hunderten von Stockbetten befindet, jedes mit einem Japaner belegt. Nur Männer. Der
Gesamteindruck ist seelenlos und erniedrigend.

> HISAO (OFF)
> (japanisch mit Untertiteln)
> ›…vielen Dank für den Brief mit den Fotos…‹

INNEN: WOHNZIMMER IM HAUS DER IMADAS – NACH-
MITTAG

Acht Seiten seines sorgfältig in Kanji-Buchstaben verfaßten Briefes. Einige Zeilen sind von der Zensur geschwärzt worden. Fujiko liest laut auf englisch vor…

> FUJIKO
> ›…Vergeßt nicht, das Rüsselkäfergift auszusprühen und die
> Schößlinge der Einjährigen zurückzuschneiden…‹

Fujiko wird für einen Augenblick von ihren Gefühlen übermannt.
Sie hört auf zu lesen.

FAHRT ZURÜCK, bis wir die Mutter und die drei Töchter um
den Tisch sitzen sehen. Sumiko steht auf, um die Mutter zu trösten.

SUMIKO
Die Hakujin... Sie benehmen sich nicht besser als Tiere.

HATSUE (platzt heraus)
Sie sind nicht alle so.

SUMIKO
Woher willst du das wissen?

Einige Sekunden lang blicken sich die beiden Schwestern tief in die Augen.

HATSUE
Weil ich hier lebe. Mit ihnen zusammen.

Ihre Stimme ist so laut, so bestimmt. Ihre Schwestern bekommen Angst um sie. Ihrer Respektlosigkeit wegen. Sie schlagen die Augen nieder und betrachten ihre Hände. Oder sie schauen zur Seite, als hätten sie nichts gehört.

FUJIKO
Du sprichst mit großer Gewißheit, Hatsue. Die Worte fliegen dir aus dem Mund.

HATSUE
Mir ist es egal, was du sagst! Hast du das gehört? Ich will nicht japanisch sein!

Sie rennt in ihr Zimmer. Im Zimmer ist es still wie in einem Grab.

FUJIKO
Wir leben in schweren Zeiten. Niemand weiß mehr genau, wer er eigentlich ist. Hatsue meint es nicht so.

Die Augen der Mutter sind leicht gerötet.

INNEN: HATSUES ZIMMER – ABEND

Hatsue liegt auf dem Bett, das Gesicht zur Wand gedreht. Fujiko räumt ein paar Kleider weg, versucht ihre Aufregung zu verbergen.

FUJIKO
Du bist jetzt schon groß, Hatsue. Dein Leben gehört dir. Ich
hoffe, daß du deine Reinheit immer bei dir trägst. Und ver-
giß nie, wer du wirklich bist.

Hatsue reagiert nicht. Gibt keine Antwort.

AUSSEN: HOHLE ZEDER – ABENDDÄMMERUNG

Sie liegen ganz nah beieinander, aber keiner von beiden bewegt
sich. Ihre Gesichter sind nur wenige Zentimeter voneinander entfernt, so daß jedes Wort kaum mehr als ein Murmeln ist...

ISHMAEL
Du schreibst an meine Adresse und als Absender nennst du
Kenny Yamashitas Namen. Dann schöpft niemand Ver-
dacht.

HATSUE
Du bist wie ich. Wir sind beide Lügner. Eine Lüge folgt der
anderen.

Er hat sie noch nie so verletzlich, so ängstlich gesehen. Er weiß,
daß er stark für sie sein muß.

ISHMAEL
Das hat nichts mit Lügen zu tun. Es ist genau das, was wir
tun müssen...

Er löst ihr Haar, zieht die Haarnadel heraus. Eine sehr zärtliche
Geste. Dann schiebt er die Nadel in einen Spalt im Baumstamm.
Er versucht nach wie vor, ruhig und gelassen zu lächeln...

Er neigt sein Gesicht zu ihrem Haar. Küßt es.

ISHMAEL
Du riechst nach Zeder.

Ihre Augen weiten sich, ihr Blick wandert über sein Gesicht. Sie
murmelt...

HATSUE
Du auch. Deinen Geruch werde ich sosehr wie alles andere
vermissen.

Er blickt ihr in die Augen. Und bevor er sie aufhalten kann, strömen Worte aus der Tiefe seines Herzens hervor...

ISHMAEL
Heirate mich, Hatsue. Wir gehen weg von hier.

Ihre Augen füllen sich mit Tränen.

ISHMAEL
Ich möchte dich heiraten.

Ihr Gesicht ohne jede Regung. Dann: eine Träne rollt herab, und
er küßt sie.

HATSUE
(leise)
Bis du verrückt?

ISHMAEL
(geflüstert)
Sag einfach nur ja.

Keine Antwort. Sie weiß nicht, was sie sagen soll, und so schiebt
sie einen Arm hinter seinen Kopf, zieht ihn näher heran. Sein
Mund öffnet sich dem ihren, drängender und gefühlvoller als je
zuvor. Ein tiefer, zärtlicher Kuß. Seine Hände wandern unter ihr
Kleid...

...sie hebt den Rücken leicht vom Moos, um seinen Händen
Spielraum zu verschaffen. Er hakt ihren BH auf...

...ihr Atem vermischt sich keuchend, während er alle elf Knöpfe
an der Vorderseite ihres Kleides aufknöpft...

...und sie mit der Hand seine geschwollene Männlichkeit betastet.
Sein Keuchen setzt aus. Er öffnet den Verschluß seiner Hose...

Er rollt ihr das Höschen auf die Oberschenkel herunter...

Und plötzlich ist er ÜBER ihr, zieht ihre Beine um seinen Körper herum. Ihr Kopf kippt nach hinten, sie preßt die Augen zusammen. Und als er in sie eindringt...

> HATSUE
> Ishmael...

> ISHMAEL
> (flüstert)
> *Bitte,* sag ja...

Auf ihrem Gesicht zeigt sich eine gewisse Entschlossenheit.

Ihre Hände PACKEN seine Oberarme. Und stoßen ihn sanft, aber bestimmt weg.

> HATSUE
> (zärtlich)
> *Nein,* Ishmael.

Er blinzelt verwirrt. Als erwachte er aus einem Traum. Alles ringsum kommt zum Stillstand. Ihr Gesicht ist entschlossen und strömt doch vor Traurigkeit über. Sie kriecht weg von ihm. Zieht sich wieder an. Unter Tränen.

Ishmael zieht sich zurück, knöpft sich die Hose zu. Verstört, wie vor den Kopf gestoßen.

> ISHMAEL
> Es tut mir leid...

In einem plötzlichen Wutausbruch...

> HATSUE
> Ich weiß *überhaupt* nichts mehr!

Sie krabbelt aus dem Baumversteck und...

AUSSEN: HOHLE ZEDER – ABENDDÄMMERUNG

...sie rennt davon, durch den Wald. Und ist weg. Ishmael sieht ihr nach. Er ist am Boden zerstört.

AUSSEN: STRASSE IN AMITY HARBOR – FRÜHER MORGEN

Ein kleiner Konvoi von drei Armeelastwagen fährt durch die Hauptstraße. Von schweigenden Passanten auf dem Gehweg beobachtet. Eine kleine Hand wedelt mit einer winzigen Fahne von der Ladefläche eines der Laster herunter.

Eine Reihe EVAKUIERTER JAPANER windet sich bis zu den Docks hinunter. Jeder hat ein Bündel Gepäck dabei.

Hatsue betrachtet sie, während ihr Laster in Richtung Hafen weiterpoltert.

AUSSEN: ANLEGESTELLE DER AMITY-HARBOR-FÄHRE – MORGEN

Die Armeelaster fahren vor und halten an. Zögernd steigen Fujiko, Hatsue und ihre vier Schwestern von der Ladefläche herunter und sehen...

...eine Fähre, die *KEHLOKEN,* die am Ufer wartet. Soldaten patrouillieren, organisieren, beobachten. Die Evakuierten, zumeist Frauen, Kinder und ältere Männer, stehen oder sitzen in der morgendlichen Kälte und harren mit einer gequälten Mischung aus Würde und Verunsicherung der Dinge, die da kommen sollen...

...Diejenigen, die sich an dem aufgestellten Tisch gemeldet haben, tragen einen großen Anhänger am Mantel, als handele es sich bei ihnen selbst um Gepäckstücke. Andere stehen geduldig in der Schlange.

Ein VATER lädt große Pakete ab, die auf dem Dach des Familienautos festgebunden sind. Seine KINDER schauen ihm dabei zu...

… Nicht weit davon entfernt sitzt eine niedergeschlagene Drei-jährige oben auf einem riesigen Haufen Koffer und Pakete und hält ihre kleine Handtasche fest umschlossen. Das Kind sieht selbst wie ein Päckchen aus…

Arthurs Wagen fährt vor. Arthur und Helen steigen aus. Ishmael beobachtet sie aus dem Hintergrund.

Und vor einem Gebäude am Kai…

…eine Gruppe weißer Inselbewohner, unter ihnen Arthur und Helen Chambers, die schweigend mitansehen, wie ihre japani-schen Nachbarn sich in einer langen Schlange auf die Fähre zu-bewegen. Arthur nestelt an seinem Notizbuch und seiner Foto-kamera herum, als plötzlich…

…ein kleiner Tumult ausbricht, weil ein ALTER JAPANER sei-nem Zorn Luft macht. Er trägt eine komplette Uniform der U.S. Army aus dem Ersten Weltkrieg, bestückt mit Orden. Zwei junge Soldaten eskortieren ihn von einem Auto zur Fähre…

…ein anderer Soldat nimmt einem kleinen Mädchen ein kläglich miauendes Kätzchen aus dem Arm. Seine beruhigenden Worte für das Mädchen sind vergebens. Sie ist außer sich vor Kummer und Leid.

…eine Frau mittleren Alters winkt Fujiko zu, die sofort die Augen niederschlägt und sich weigert, den Gruß zu erwidern. Und ge-rade in dem Augenblick, als sie und ihre Familie die Gangway er-reicht haben…

…erblickt Hatsue Ishmael, der inmitten einer Gruppe von Schülern unauffällig im Hintergrund steht. Sie bleibt stehen.

Ihre Blicke treffen sich, versinken für einen langen Herzschlag in-einander…

Dann ist sie verschwunden.

…wieder ertönt das laute Tuten der Fähre… die Leinen werden losgemacht…

…ein BESATZUNGSMITGLIED eilt auf die Brücke, als der Fährkapitän im Rückwärtsgang ablegt. Stumme Tränen laufen ihm über das Gesicht…

Als die Fähre langsam ablegt, ertönen einzelne Abschiedsrufe aus der Menge. Einige Zuschauer verdrücken ein paar Tränen…

…Ishmael winkt, und wir sehen, daß ihn Helen aus der Entfernung beobachtet. Ihre Vermutungen haben sich bestätigt…

…und von der Fähre winken kleine Kinder mit kleinen Sternenbannerfähnchen aus Papier…

…und von einem hohen Pfeiler am Kai wirft ein EINHEIMISCHER AMERIKANER einen großen Rosenstrauß ins Wasser… wo die Blumen im sprudelnden Kielwasser durcheinandergewirbelt werden…

AUSSEN: AUF DER AMITY-HARBOR-FÄHRE – TAG

Inmitten des Durcheinanders von Leuten und Gepäckhaufen sitzt Hatsue ganz in sich zurückgezogen. Offensichtlich nimmt sie den Lärm um sich herum überhaupt nicht wahr.

INNEN: HOHLE ZEDER – TAG

Es ist still im Wald.

Ishmael sitzt allein in der Baumhöhle. Er ist verwirrt und versucht, sich über die Geschehnisse klar zu werden. Wir sehen sein Profil vor einem hellen Spalt im Baumstamm.

AUSSEN: HAUS DER IMADAS – ABENDDÄMMERUNG

…Ishmael kommt an einem selbstgemalten Schild vorbei: VERKAUF WEGEN EVAKUIERUNG – MÖBEL UND HAUSRAT ALLER ART. Er läßt den Blick über das ihm vertraute Haus der

Imadas schweifen: die Fenster sind jetzt zerschlagen, auf den Wänden stehen rassistische Schmierereien: »FÜR EUCH GEHT DIE SONNE HIER NICHT MEHR AUF, IHR JAPSE!«

INNEN/ AUSSEN: SCHULBUS – TAG

Ishmael sitzt auf seinem üblichen Platz im Schulbus, der aus der Stadt herausfährt. Er schaut auf die Seite im Bus, auf der immer Hatsue und ihre Freunde gesessen haben. Fast alle Plätze sind leer.

INNEN: BUS – MORGENDÄMMERUNG

In einem anderen Bus, weit weg, kuscheln sich die Imada-Frauen aneinander, um es sich ein wenig bequem zu machen. Der Bus ist mit Leuten und Habseligkeiten völlig überfüllt. Nach der endlosen Reise sehen alle erschöpft und erledigt aus, doch einige schlafen sogar. Obwohl es draußen hell ist, sind alle Fenster fest zugezogen.

Hatsue ist wach, tief in ihre Grübeleien versunken. STAUB wirbelt um sie herum.

Einige Reihen weiter hinten ist auch ein JUNGER MANN wach. Es ist KAZUO.

Der Bus wird langsamer, um eine Kurve zu nehmen. Kazuo wirft einen Blick nach hinten, um sich zu vergewissern, daß der Soldat auf der Rückbank noch fest schläft. Dann hebt er das Rollo ein paar Zentimeter an und schaut hinaus.

AUSSEN: INTERNIERUNGSLAGER MANZANAR – FRÜHER MORGEN (KAZUOS BLICKWINKEL)

Der Bus passiert ein Tor und fährt auf ein eingezäuntes GELÄNDE. Militärfahrzeuge sausen vorbei.

Ein Holzschild mit der eingebrannten Schrift: UMSIEDELUNGSLAGER MANZANAR – FÜR AUSLÄNDER UND NICHTAUSLÄNDER. Stacheldraht, Baracken, Staub.

SCHNITT AUF:

AUSSEN: INTERNIERUNGSLAGER MANZANAR – FRÜHER MORGEN

Der Buskonvoi kommt vor dem VERWALTUNGSGEBÄUDE zum Stehen. Nicht weit davon entfernt hissen ein paar SOLDATEN die amerikanische Flagge.

Benommen steigen die Japano-Amerikaner mit ihren Habseligkeiten aus den Bussen in den unangenehm peitschenden Wind und den Staub hinaus.

SCHNITT AUF:

INNEN: KAZUOS ZELLE – NACHT

Eine LAMPE flackert auf. Eine Hand schraubt eine Glühbirne ein. Es ist Kazuo, der auf seiner Pritsche steht.

…die nackte Glühbirne schaukelt. Ihr Licht wirft die Schatten von Türmen und Pferden über das Schachbrett.

Kazuo starrt die Figuren an.

INNEN: WOHNUNG DER MIYAMOTOS – NACHT
Eine schwere, schmutzige Kiste landet krachend auf dem Küchenboden.

Es ist 2 Uhr morgens. Kazuo ist bis auf die Knochen naß und völlig verdreckt. Er macht sich am Kistendeckel zu schaffen. Er nimmt einige Gegenstände aus der Kiste und legt sie auf den Tisch. Dann hält er voller Ehrfurcht das zeremonielle Schwert hoch.

Hatsue kommt dazu, ist auf der nur schwach beleuchteten Schwelle kaum zu sehen.

    HATSUE
    Kazuo?

Kazuo untersucht das Schwert. Erinnert sich.

KAZUO
Dieses Schwert gehörte früher meinem Urgroßvater.

HATSUE
Warum gräbst du das ganze Zeug wieder aus? Laß es doch lieber dort, wo es war.

Kazuo legt das Schwert auf den Tisch. Nimmt ein Handtuch. Wischt sich Gesicht und Haare trocken.

HATSUE
Kazuo? Laß die Finger davon.

Immer noch keine Antwort. Kazuo dreht sich um und fährt damit fort, die kostbaren Gegenstände auszupacken. Einige von ihnen haben ein wenig gelitten.

Hatsue versucht, seinen Blick zu erhaschen. Und dann...

KAZUO
Mein Vater hat das alles auf unserem Land vergraben.

HATSUE
Es ist nicht *unser* Land.

Kazuo fährt herum. Sein Gesicht ist vor Leidenschaft verzerrt. Er sieht fast ein wenig irre aus.

KAZUO
Es *ist* unser Land. Verstehst du das nicht? Sie haben uns eingesperrt. Und es uns dann weggenommen.

Hatsue nimmt ihn in die Arme. Sein Gesicht ist den Tränen nahe.

INNEN: GERICHTSSAAL – MORGENS (ZWEITER VER-
HANDLUNGSTAG)

Zarte Eisblumen auf einer Fensterscheibe. Darunter liegen nasse
Handschuhe dampfend auf einem Heizkörper.

Auf dem Holzfußboden bilden sich kleine Pfützen um die schnee-
verkrusteten Stiefel und Schuhe der Inselbewohner.

OLE JURGENSEN sitzt leicht tattrig im Zeugenstand, die Hände
auf den unsicher zwischen die schwachen Beine gestellten Geh-
stock gestützt.

>   HOOKS
>   Mr. Jurgensen, hat der Angeklagte angeboten, Ihnen die sie-
>   ben Morgen *abzukaufen?*

>   OLE
>   Aber ja. Er war ganz wild darauf. Aber das war vor fünf Jah-
>   ren, vor meinem Schlaganfall. Da wollte ich überhaupt nich'
>   verkaufen.

>   HOOKS
>   Und dann, nach Ihrem Schlaganfall Anfang des Jahres,
>   boten Sie Ihren Besitz zum Verkauf an. Ich glaube, das war
>   am 7. September. Also, rufen wir uns in Erinnerung, genau
>   *acht* Tage vor Carl Heines Tod. Und wer taucht am 7. Sep-
>   tember auf und will das Land kaufen?

>   OLE
>   Das war Carl Heine.

Hooks macht eine kleine Pause. Läßt die Aussage wirken.

>   HOOKS
>   Aber Carl war doch Fischer. Sogar ein erfolgreicher.

>   OLE
>   Er sagte, er wolle dieses Leben nicht mehr. Er habe etwas ge-
>   spart, um sich eine Farm zu kaufen. Es täte ihm leid, daß ich

93

krank geworden bin. Aber ich sah auch, daß er das Land seines Vaters zurückhaben wollte.

Der Kopf des alten Mannes wackelt. Er ruft sich die Szene in Erinnerung.

OLE
Liesel und ich. Wir haben uns für ihn gefreut.

Hooks lächelt. Er hätte sich ebenfalls gefreut.

HOOKS
Und später, noch am *selben* Tag. Nur *acht* Tage, bevor Carl Heine starb. Meldete sich da noch ein zweiter potentieller Käufer?

AUSSEN: VERANDA VOR DEM FARMHAUS DER HEINES, DAS JETZT OLE GEHÖRT – TAG

Ole sitzt in einem Korbstuhl an einem Korbtisch. Seine Frau LIESEL schenkt etwas Kaltes zu trinken ein. Doch der Besucher bleibt reglos und mit ungläubigem Gesichtsausdruck stehen.

LIESEL
Tut mir leid, aber ich muß Ihnen sagen, daß wir seine Anzahlung entgegengenommen haben, und er hat Ole die Hand darauf gegeben. Schon im November will er sein Boot verkaufen und die Farm übernehmen.

Kazuo ist wie vom Donner gerührt.

KAZUO
Aber Ihr Schild…

OLE
Wir hatten noch nicht die Zeit, es wegzunehmen. Er war erst so gegen zehn Uhr hier.

Kazuo nickt. Seine Stimme ist sanft, doch seine Augen sind aus Stahl.

94

KAZUO
Meine Schuld. Ich hätte früher kommen sollen.

Er sieht so merkwürdig aus. Vielleicht ist er krank. Liesel ist besorgt.

OLE
Wenn Sie die sieben Morgen kaufen wollen, müssen Sie sich jetzt an Carl Heine wenden.

KAZUO
Sie haben recht. Ich gehe gleich zu Carl.

AUSSEN: VOR DER SCHEUNE VON CARL SR. – TAG

HALBTOTALE... Kazuo starrt auf das »ZU VERKAUFEN«-Schild, das neben dem Tor an der Scheunenwand hängt. Er reißt es ab.

AUSSEN: FELD – ABEND

NAH AUF Kazuo, allein, schweißbedeckt. Seine Bewegungen verschwimmen, so rasch schwingt er den FAUCHENDEN Kendo-Stab durch die Luft. Voller Zorn.

INNEN: GERICHTSSAAL – MORGENS

Sheriff Moran sitzt im Zeugenstand. Er hält ein Stück SEIL in den Händen.

Draußen heult der Wind. Er KLAPPERT an den Fenstern, Schnee PEITSCHT gegen die Scheiben.

MORAN
Das ist eine Halteleine von Carl Heines Boot.

HOOKS
Was ist daran so besonders?

MORAN
Na ja, das Besondere daran ist, daß sie einen Palstek hat.

Er hält das Seil für Hooks hoch. Damit auch die Geschworenen den Knoten sehen können.

MORAN
Alle anderen Leinen auf Carls Boot haben handgeknüpfte Ösen am Ende.

HOOKS
Was schließen Sie daraus?

MORAN
Also, diese Leine hier paßt haargenau zu denen, die wir auf dem Boot des Angeklagten gefunden haben. Sie ist auch genauso abgenutzt.

Aha. Hooks nickt. Sehr bedeutsam.

HOOKS
Aber sagten Sie uns nicht eben, Sie hätten diese hier auf dem Boot des Verstorbenen gefunden?

MORAN
Schon. Aber wenn Miyamoto hier an Carls Boot festgemacht hatte und schleunigst wieder weg wollte, hätte er sein Seil sehr wohl an Carls Boot zurücklassen können.

Nels blickt fast mechanisch auf.

NELS
Einspruch. Der Zeuge ergeht sich in Mutmaßungen.

Richter Fielding zu Moran:

RICHTER
Stattgegeben. Er hat recht. Passen Sie auf, Sheriff.

MORAN
Tja, alles was ich weiß, ist, daß ich sein Seil auf Carls Boot
fand. Warum fragen Sie ihn nicht danach? Soll er es doch
erklären.

Kazuos Gesicht. Völlig teilnahmslos. Er sieht weg.

AUSSEN: DIE *ISLANDER*/ AM KAI – FRÜHER ABEND

Kazuo schaut aus der Kabine der *ISLANDER* den Kai hinab. In
einiger Entfernung kommen Moran und sein Hilfssheriff auf ihn
zu.

Kazuo macht sich rasch wieder an die Arbeit. Er ersetzt die Batterie in seinem Batterieschacht. Klappt den Deckel zu.

Mit einem zweiten Blick sieht er nach, wie weit Moran und Abel
noch weg sind. Dann springt ihm eine leere Klampe ins Auge.

Moran und Abel sind jetzt näher herangekommen. Kazuo springt
auf den Kai. Geht ihnen entgegen.

VOM BOOT AUS sehen wir, wie sie in etwa zehn Metern Entfernung zusammentreffen. Wellenplätschern, Möwengeschrei.

Moran reicht Kazuo einen Durchsuchungsbefehl. Kazuo wirft
einen kurzen Blick darauf. Gibt ihn sofort wieder zurück.

Moran schickt Abel zum Boot, während er sich selbst weiter mit
Kazuo unterhält.

IM VORDERGRUND klettert Abel an Bord. Läßt den Blick über
das ganze Boot schweifen. Er bleibt irgendwo hängen. Bückt sich
und hebt…

…das GAFF vom Boden auf…

…der Griff ist voller BLUT.

INNEN: GERICHTSSAAL – SPÄTER VORMITTAG

Jetzt hält Nels das Gaff in der Hand. Im Zeugenstand sitzt…
…DR. STERLING WHITMAN, seines Zeichens Hämatologe.

NELS (OFF)
Dann war das Blut an dem Gaff also kein Fischblut. Es war
menschlichen Ursprungs, richtig? Blutgruppe B-positiv.

DR. WHITMAN
Carl Heines Blutgruppe.

Nels nickt. Anscheinend unbeeindruckt von dieser Tatsache.

NELS
Aber Sie können nicht mit letzter Sicherheit sagen, daß es
sein Blut war.

DR. WHITMAN
Nein, aber ich kann sagen, daß diese Blutgruppe selten ist.
Etwa zehn Prozent bei männlichen Weißen. Der Angeklagte
hat hingegen Blutgruppe Null.

Nels nickt. Ein schlimmer Moment.

NELS
Richtig, das haben Sie uns bereits erzählt. Niemand bezwei-
felt das. Sie haben uns auch berichtet, daß Sie das getrock-
nete Blut vom Griff des Gaffs gekratzt haben. Hier.
(Zeigt auf die Stelle)
Was genau haben Sie unter Ihrem Mikroskop gesehen…
außer dem Blut mit der Gruppe B-positiv und dem abge-
schabten Holz?

DR. WHITMAN
Was sollte da sonst noch gewesen sein?

NELS
Aber, Doktor. Waren da keine Knochensplitter, keine Haut-
reste, keine Haare?

DR. WHITMAN
Nein, überhaupt nichts.

NELS
Kommt Ihnen das nicht merkwürdig vor? Wenn dieses Gaff
wirklich eine so schwere Kopfwunde verursacht haben
sollte ...?

DR. WHITMAN
Ich bin Hämatologe, Sir, ich wurde nur darum gebeten, zu ...

NELS
(freundlich, aber hartnäckig)
Ja, ja, darüber haben Sie bereits ausgesagt. Was ich hingegen wissen will: Ist das alles denn logisch?

DR. WHITMAN
Weiß ich nicht.

NELS
Wissen Sie nicht.

Kurzes Schweigen.

NELS
Unser lieber Freund, der Gerichtsmediziner sagte aus, Carl
Heine habe eine Schnittwunde gehabt. Eine frische Schnitt-
wunde. In der Handfläche seiner rechten Hand.

Er geht auf den Zeugenstand zu. Hält das stumpfe Ende des Gaffs
auf sich gerichtet.

NELS
Ohne eine Spur von Knochen, Kopfhaut oder Haaren. Ist es
glaubhafter, daß das Blut daher rührt, daß einem Mann damit der Schädel eingeschlagen wurde – oder von der Schnittwunde in seiner Hand?

DR. WHITMAN
Ich bin Hämatologe, kein Kriminalist.

NELS
Was wäre wahrscheinlicher?

Whitman läßt sich nicht einschüchtern. In seinem Lächeln liegt
nur ein Hauch von Kälte...

DR. WHITMAN
Es gehört nicht zu meinen Aufgaben, diese Wahrscheinlich-
keiten gegeneinander abzuwägen.

Nels mustert ihn von oben bis unten. Sieht dann zu den Geschworenen hinüber.

NELS
Da haben Sie recht, Doktor. Vielen Dank. Auch dafür, daß
Sie die gefährliche Überfahrt durch den Schneesturm nicht
gescheut haben, um uns hier bei der Wahrheitsfindung zu
helfen.

Mit diesen Worten dreht er ihm den Rücken zu, geht zur Gerichtsschreiberin und händigt ihr den Fischhaken aus.

NELS
Ich glaube, das brauchen wir nicht mehr, Maggie.

INNEN: GERICHTSSAAL – TAG

Hooks an den Tisch der Anklagebank gelehnt. Sein Benehmen ist
höflich und ehrerbietig. Seine Stimme klingt leise und rücksichtsvoll.

Im Zeugenstand sitzt die Witwe in würdevoller Gefaßtheit. Blond
und alabasterfarben und bescheiden, in ihrem schwarzen Trauer-
kleid.

Die Augen der Reporter sind aufmerksam auf sie gerichtet. Sie
wissen, wie gut sich die Geschichte aus dieser Perspektive verkaufen läßt. Ishmael sitzt zwischen ihnen und verfolgt das Geschehen mit neutralem Blick.

HOOKS
Würden Sie sich für mich noch einmal an den Morgen des
8. September erinnern?

In ihren Augen flackert die Erinnerung auf.

INNEN: IN CARL JR.s BAD – TAG

Ein helles Badezimmer. Voller DAMPF.

Eine Hand wischt über den beschlagenen Spiegel. Susan Marie
schaut sich im Spiegel an. Sie ist gerade erst aufgestanden.

Hinter ihr sieht man hinter dem Duschvorhang die bullige Gestalt
Carls. Er schrubbt den Schmutz einer arbeitsreichen Nacht weg.

HOOKS (OFF)
…an den Morgen, nachdem Ihr Mann Jurgensen die Farm
abgekauft hat…

Jetzt unter der Dusche. Susan Maries Gesicht an die Wand ge-
drückt.

Nasse Haarsträhnen fallen ihr ins Gesicht. Carl steht hinter ihr,
sein Bart kratzt auf ihrer Schulter. Ihr Körper biegt sich unter
seinen Bewegungen. Er dreht ihr Gesicht zu sich und küßt sie.
Sehr zärtlich.

HOOKS (OFF)
…eine Woche vor seinem Tod…

INNEN: GERICHTSSAAL – TAG

NAH AUF Susan Marie. Die Erinnerung schnürt ihr einige
Sekunden den Hals zu. Hooks geht langsam auf sie zu. Geradezu
besorgt.

HOOKS
Es tut mir leid, Mrs. Heine, daß ich danach fragen muß. Erinnern Sie sich noch an diesen Morgen?

SUSAN MARIE
Ja, ich erinnere mich.

INNEN: CARL JR.s HAUS, HINTERTÜR/ SCHUPPEN – MORGENS

Susan Marie steht neben der Tür und schaut durch den mit Netzen und Fischausrüstung vollgestellten Schuppen...

HOOKS (OFF)
Hat Sie der Angeklagte an jenem Tag besucht? Um mit Ihrem Mann zu sprechen?

...über den Hof. Ihr riesenhafter Ehemann spaziert dort neben einem kleineren Mann. Carl redet eifrig. Kazuos Gesicht ist wie aus Stein gemeißelt.

INNEN: CARL JR.s KÜCHE – SPÄTER

Carl geht im Zimmer auf und ab, das Baby auf dem Arm.

CARL JR.
Das ist keine große Sache. Es ist eine lange Geschichte. Er will sieben Morgen von Oles Land kaufen. Diejenigen, die seine Familie früher gehabt hat. Diese Sache, von der meine Mutter erzählt hat.

SUSAN MARIE
Ach das... ich dachte mir schon, daß es darum geht. Was hast du ihm gesagt?

CARL
Was hätte ich ihm denn sagen sollen? Ich muß schließlich an meine Mutter denken. Du weißt doch, wie sie ist.

Susan Marie weiß es. Und sie weiß, was Etta dazu sagen würde.

CARL
Ich hab' gesagt, ich überleg's mir. Will erst mit dir darüber reden.

SUSAN MARIE
War er sauer, als er wegging?

CARL
Ich... weiß nicht... so genau.

Kurzes Schweigen.

CARL
Du weißt doch, Kazuo ist ein Japse. Bei denen weiß man nie, was sie denken.

SUSAN MARIE
Er ist kein Japse. Das meinst du doch nicht im Ernst. Ihr seid doch zusammen zum Angeln gegangen. Ihr wart Freunde.

Carl dreht sich um. Sieht sie an. Einen ganzen Herzschlag lang.

CARL
Damals waren wir noch Kinder.

Er gibt ihr das Baby und geht aus dem Zimmer. WIR BLEIBEN auf ihr.

INNEN: CARL JR.s SCHUPPEN – TAG

SPÄTER. Carl allein in seinem Schuppen. Er betastet eine wunderschöne Bambusangel. Dreht den Griff zum Licht, so daß man den eingebrannten Namen lesen kann: »Kazuo Miyamoto.«

INNEN: GERICHTSSAAL – TAG

Susan Marie blickt argwöhnisch und starr geradeaus.

NELS (OFF)
Ihr Mann sagte also, er wolle es sich noch einmal überlegen. Er machte Mr. Miyamoto also Hoffnungen, daran zu glauben, er würde eventuell doch noch an ihn verk...

SUSAN MARIE
Ich würde nicht direkt sagen, daß er ihm Hoffnungen
machte.

NELS (OFF)
Na ja, er sagte jedenfalls nicht ›nein‹, oder? Er sagte nicht,
daß er sich keine Hoffnungen zu machen brauche.

SUSAN MARIE
So sagte er es nicht.

NELS (OFF)
Dem Angeklagten wurden also zumindest Hoffnungen gemacht. Möglicherweise jedenfalls.

Sie denkt darüber nach.

SUSAN MARIE
Woher soll man wissen, welche Hoffnungen er sich macht?
Oder was überhaupt in seinem Kopf vorgeht?

Im Saal hört man lautes Murmeln. Kazuo zuckt nicht einmal mit
der Wimper. Nels bleibt mitten in der Bewegung stehen. Dreht
sich um und sieht sie an.

NELS
Mrs. Heine – halten Sie das wirklich für fair?

HOOKS
Einspruch, Euer Ehren. Völlig irrelevante Frage.

NELS
Es dürfte in diesem Saal nichts von größerer Relevanz sein,
Alvin. Das wissen Sie so gut wie jeder andere hier.

Der Richter läßt seinen Hammer niedersausen.

RICHTER
Meine Herren, meine Herren. Bitte wieder in Ihre Ecken
zurück!

NELS
Entschuldigen Sie bitte diese kleine Unterbrechung, Mrs. Heine. Ich habe keine weiteren Fragen.

RICHTER
Vielen Dank, Mrs. Heine. Sie können wieder an Ihren Platz zurück.

Susan Marie verläßt den Zeugenstand. Während wir ihr zurück zu ihrem Platz folgen...

HOOKS (OFF)
Die Anklage erklärt sich mit dem Schluß des Beweisverfahrens einverstanden, Euer Ehren.

...geht Susan Marie in knapper Entfernung an Hatsue auf der Tribüne vorbei. Hatsue sieht sie an. Unbefangen. Direkt...

RICHTER (OFF)
Na schön, Mr. Gudmundsson. Dann fordere ich die Verteidigung auf, Ihren ersten Zeugen aufzurufen.

...doch Susan Marie hält ihren Blick starr geradeaus, weigert sich, Hatsues Blick zu erwidern. Nur die nervöse Geste, mit der sie beim Hinsetzen an ihrer Frisur nestelt, verrät ihre Unsicherheit.

NELS (OFF)
Die Verteidigung bittet Mrs. Hatsue Miyamoto in den Zeugenstand.

Hatsue erhebt sich und begibt sich auf demselben Weg zum Zeugenstand, den Susan Marie gerade zurückgelegt hat. Sie kommt an Kazuo vorbei, der starr geradeaus blickt. Nichts ist zwischen ihnen zu bemerken.

Die Augen sämtlicher Geschworenen folgen ihr.

Oben auf der Empore spannt sich Ishmael unbewußt an. Er zieht die Notizen aus dem Leuchtturm hervor. Wirft noch einen Blick darauf. Dann schaut er wieder zum Zeugenstand hinunter. Vor ihm kichert einer leise auf, als Reporter #2 die neue Zeugin anstiert.

REPORTER #1
Immer langsam, mein Junge! Noch hängt ihr Ehemann nicht am Strick!

Sie kichern leise vor sich hin.

Ishmael verstaut seine Notizen wieder. Auf seinem Gesicht ist Unentschlossenheit zu lesen.

INNEN: GERICHTSSAAL – TAG

HALBTOTALE von oben auf das Gericht. Nels steht neben dem Zeugenstand und sieht Hatsue an.

HATSUE
Er weckte mich, um mir die Neuigkeiten zu erzählen. Er war sehr aufgeregt wegen des Landes. Wir fingen auch sofort an, Pläne zu machen.

NAH AUF Hatsue. Sie ist durchaus bereit, zu kooperieren, paßt jedoch genau auf, was sie sagt.

NELS
Und wann erfuhren Sie davon? Daß Carl ertrunken ist?

Sie wartet einen kurzen Augenblick. Als zögerte sie, es preiszugeben…

HATSUE
Um ein Uhr, am selben Nachmittag, von einer Angestellten bei Petersen.

INNEN: SCHLAFZIMMER DER MIYAMOTOS – TAG

Hatsue rüttelt Kazuo wach.

HATSUE
Carl Heine ist tot. Die ganze Insel spricht davon.

KAZUO
Was sagst du da?

HATSUE
Er ist ertrunken. Man hat ihn in seinem eigenen Netz gefunden.

KAZUO
Nicht zu fassen. Carl?

HATSUE
Es stimmt aber. Die arme Susan Marie. Und die kleinen Kinder.

Kazuo hüpft aus dem Bett. Plötzlich sehr aufgeregt.

KAZUO
Ich gehe lieber gleich zum Boot. Und ersetze die Batterie.

HATSUE
Wovon redest du überhaupt?

KAZUO
Ich bin vergangene Nacht auf seinem Boot gewesen, oder hast du das schon vergessen?

HATSUE
Na und? Du hast ihm doch geholfen. Sag das dem Sheriff.

KAZUO
Du machst wohl Witze! Oder glaubst du wirklich, die glauben mir?

HATSUE
Aber es war doch ein Unfall, oder nicht?

KAZUO
Natürlich. Und dabei wollen wir es auch belassen.

Eilig verläßt er das Haus. WIR BLEIBEN auf Hatsues nachdenklichem Gesicht.

INNEN: GERICHTSSAAL – TAG

NELS (an Hooks gewandt)
Ihre Zeugin.

Alvin Hooks erhebt sich. Hockt sich auf den Rand des Anklagetisches. Und faßt die Zeugin ins Auge.

HOOKS
Ihr Ehemann kam nach der Begegnung mit dem Verstorbenen auf See aufgewühlt nach Hause?

Ihre perfekten Züge sind ernst und konzentriert.

HATSUE
Ich sagte ›aufgeregt‹. Nicht ›aufgewühlt‹. Er war aufgeregt, im Sinne von außer sich vor Freude.

HOOKS
Und Sie waren ebenfalls ... außer sich vor Freude, als sie die Neuigkeiten erfuhren?

HATSUE
Ich freute mich für ihn. Und war erleichtert.

HOOKS
Dann haben Sie ... und Ihr Mann ... wohl gleich Freunde und Bekannte angerufen, um ihnen die erstaunlichen Neuigkeiten mitzuteilen, oder?

HATSUE
(ruhig, respektvoll)
Nein.

HOOKS
Wirklich nicht? Sie haben weder Ihre Mutter noch Ihre
Schwestern angerufen und ihnen erzählt, daß Sie schon bald
ein neues Leben beginnen würden? Ihr Mann erzählt seinen
Brüdern nicht einmal, daß die Familienehre wiederherge-
stellt ist?

Hatsue setzt sich auf ihrem Stuhl zurecht.

HATSUE
Nein, wir beschlossen, es niemandem zu erzählen. Nicht, bevor die Urkunden unterzeichnet waren. Es hätte ja trotz
allem noch etwas schiefgehen können.

HOOKS
Und dann ging etwas schief. Carl Heine wurde tot aufgefunden. Mit eingeschlagenem Schädel.

Sie läßt den letzten Teil an sich abprallen. Als hätte sie keine Notiz davon genommen.

HATSUE
Richtig. Warum hätten wir danach noch jemanden anrufen
sollen? Mit einem Mal war alles wieder völlig ungewiß.

HOOKS
Ungewiß? War *das* Ihre Reaktion?

Er steht auf. Auf geschmackvolle Weise ungehalten.

HOOKS
Ich würde meinen, daß da mehr geschehen ist, als daß sich
der Kauf eines Stück Landes in Luft auflöste. Ein Mensch
starb, Mrs. Miyamoto. Einem Ehemann und Vater kleiner
Kinder wurde der *Schädel* eingeschlagen!

HATSUE
(in gefaßter Würde)
Wenn Sie damit andeuten wollen, daß wir Carls Tod gegenüber gleichgültig waren, dann ist das falsch und beleidigend.

109

HOOKS
Verstehe. Dann meldeten Sie sich also gleich bei Sheriff Moran, um ihm zu erzählen, was Sie wußten? Das Zusammentreffen im Nebel, die... leere Batterie, das war es doch, oder?

Schweigen.

HATSUE
Wir sprachen darüber. Und beschlossen, es nicht zu tun.

Die Reporter auf der Journalistenbank schreiben emsig mit. Zwischen ihnen auch Ishmael, den Notizblock auf dem rechten Oberschenkel balancierend.

HOOKS
Weshalb nicht?

Auf Hatsue. Sie blickt ihn mit ihrer gewohnten Direktheit an.

HATSUE
Weil man die Fakten auch hätte falsch auslegen können. Kazuo und ich wußten das. Wir dachten, daß man ihn vielleicht sogar des Mordes anklagt. Und genau das ist ja auch geschehen.

Das Licht im Saal flackert kurz. Hooks hält inne. Schaut nach oben. Das Licht flackert noch einmal. Bleibt dann aber an. Erleichtertes Gemurmel im Saal.

HOOKS
Aber wenn die Wahrheit doch auf Ihrer Seite war – weshalb machten Sie sich überhaupt Gedanken darüber?

HATSUE
In Gerichtsverhandlungen geht es nicht allein um die Wahrheit, Mr. Hooks. Auch wenn es so sein sollte. Es geht vielmehr darum, was die Leute für wahr *halten*.

Wieder die Reporter. Doch während er schreibt, blickt Ishmael jetzt als einziger auf. Zur Zeugin.

HOOKS (OFF)
Sie hielten die Wahrheit also zurück. Absichtlich.

HATSUE
Wir hatten Angst. Schweigen schien die bessere Alternative. Uns zu melden kam uns wie ein Fehler vor.

HOOKS
Kommt es Ihnen nicht eher wie ein Fehler vor, Mrs. Miyamoto, daß Sie sich so hinterlistig verhalten haben?

Bei diesem Wort hört Ishmael zu schreiben auf. Als einziger auf der Reporterbank sieht er sie erstarrt an. Sieht sie an.

HOOKS (OFF)
Zurückhalten von Informationen während der Untersuchung eines Verbrechens durch den Sheriff.

Auf Hatsue. Ihre Anmut und ihre Fassung.

HATSUE
Es kommt mir sehr menschlich vor.

Oh. Hooks hebt die Augenbrauen.

HOOKS
Ich vermute, Sie wollen damit andeuten, daß sich Ihre Lügen damit *entschuldigen* ließen. Da bin ich mir nicht so sicher Mrs. Miyamoto. Ich verstehe die ganze Geschichte nicht so recht. Das ist mir alles ein Rätsel. Was ich damit sagen will: warum, um alles in der Welt, sollten wir Ihnen dann hier und jetzt glauben?

Schweigen. Hooks läßt sich auf seinem Stuhl nieder.

HOOKS
Keine weiteren Fragen, Euer Ehren.

HATSUE
Halt, nicht so schnell. Ich hatte keine Möglichkeit …

HOOKS
Ich sagte: Keine weiteren Fragen.

Ihre Augen blitzen zornig auf. Ihr Gesicht verfärbt sich. Sie holt
tief Luft...

RICHTER
Das genügt, Mrs. Miyamoto...

Hatsue setzt noch einmal an.

RICHTER
Kein Wort mehr! Auch wenn Sie jetzt gerne mehr sagen
würden, auch wenn Sie Mr. Hooks dort drüben jetzt gerne
die Meinung sagen würden – das ist jetzt einfach nicht zuläs-
sig, Mrs. Miyamoto.

Sämtliche Reporter kritzeln wie wild in ihre Notizblöcke.
Alle, bis auf einen.

In diesem Augenblick flackert das Licht noch einmal. Als es fast
ganz verlischt, hört man so etwas wie ein SEUFZEN. Und
dann...

...rüttelt ein GEWALTIGER WINDSTOSS am Fenster.

DUNKELHEIT. Jetzt ist das Licht ENDGÜLTIG AUS. Allgemei-
nes Aufstöhnen. Fielding verschafft sich mit energischem Ham-
merklopfen Ruhe.

RICHTER
Gerichtsdiener?

Von irgendwoher aus der Dunkelheit...

GERICHTSDIENER
Ich sehe sofort nach, ob ich irgendwo ein paar Kerzen auf-
treiben kann, Euer Ehren.

Es wird wieder lauter. Wieder fährt der Hammer nieder.

112

RICHTER
Sehr schön. Aber Licht oder kein Licht: Möchten Sie noch
einmal das Wort ergreifen, Mr. Gudmundsson?

NELS
Nein, das wäre alles, Euer Ehren. Die Unterbrechung
kommt wie abgesprochen.

RICHTER
Mrs. Miyamoto, Sie dürfen den Zeugenstand verlassen. Und
nun, unter den gegebenen Umständen...

Er sieht sich in der fast vollständigen Dunkelheit blinzelnd um.

RICHTER
...halte ich es für das Beste, wenn wir die Verhandlung morgen weiterführen. In der Hoffnung auf bessere Verhältnisse.

An die Geschworenen gewandt...

RICHTER
Aber ob Schnee oder kein Schnee, so wollen wir doch nicht
vergessen, daß es hier darum geht, einen möglichen Mord-
fall zu verhandeln. Das müssen wir ständig in unserem Bewußtsein und unserem Herzen bewahren.

Und in Richtung der Anwälte...

RICHTER
Der Gedanke an ein Wiederaufnahmeverfahren schmeckt
mir gar nicht. Ich glaube, wenn wir uns ein bißchen Mühe
geben, ist das auch nicht nötig, oder?

Der Hammer fährt noch einmal nieder.

INNEN/ AUSSEN: ISHMAELS CHRYSLER, CENTER VALLEY
– NACHMITTAG

Ishmael fährt an schneebedeckten Erdbeerfeldern vorbei. Neben
ihm auf dem Beifahrersitz liegt eine Tüte mit Lebensmitteln.

Hier und da stehengelassene Autos in Schneewehen. Abgebrochene Zweige stecken wie Stacheln im Schnee. Ein verlassenes Autowrack liegt auf dem Dach. Die fröhliche Musik aus dem Radio markiert einen Kontrapunkt zu der allgemeinen Trostlosigkeit.

Ishmael hat einiges zu tun, um den Wagen auf der Straße zu halten, aber die Fahrerei macht ihm Spaß. Er bedient das Lenkrad mit einem eigens für ihn aufgeschraubten Knopf aus Kirschholz.

SCHNITT AUF:

AUSSEN: CENTER VALLEY ROAD – NACHMITTAG

AM STRASSENRAND… Mit der alten Kamera seines Vaters fotografiert Ishmael einen Holzlaster, der von der Fahrbahn gerutscht ist und seine Ladung verloren hat.

SCHNITT AUF:

AUSSEN: CENTER VALLEY ROAD/ GRABEN – NACHMITTAG

Der Chrysler ist wieder unterwegs, fährt um eine Kurve. Bis an den Horizont erstrecken sich jungfräulich weiße Felder. Geradeaus ist ein alter Kombi in den Graben gefahren. Ein Japaner mittleren Alters macht sich an einem Hinterrad mit einer Schaufel zu schaffen.

Ishmael hält an. Steigt aus, um zu helfen.

Als er den Wagen fast erreicht hat, taucht dahinter eine Frau auf. Es ist Hatsue – ebenfalls mit einer Schaufel in der Hand. Mit der anderen streicht sie sich eine mit Schneeflocken bezuckerte Haarsträhne aus den Augen. Ishmael bleibt erschrocken stehen.

SCHNITT AUF:

INNEN/AUSSEN: CHRYSLER, SOUTH BEACH DRIVE –
SPÄTER NACHMITTAG

Ishmael fährt. Hisao sitzt neben ihm, Hatsue auf dem Rücksitz.

HISAO
Das ist ein sehr gutes Auto. Viel besser als die neuen.

Ishmael lächelt darüber, daß ihm der ältere Mann unbedingt
etwas Nettes sagen will.

ISHMAEL
Es gehörte meinem Vater.

HISAO
Er war ein sehr guter Mann...

Er schaut aus dem Seitenfenster. Ishmaels Blick zuckt sofort zu
Hatsue im Rückspiegel.

ISHMAEL
Ich weiß, daß Ihnen der Schnee Unannehmlichkeiten berei-
tet hat, aber ist er nicht wunderschön?

HISAO
Doch, *sehr* schön.

Plötzlich treffen sich ihre Blicke im Rückspiegel. Er wendet den
seinen sofort ab, sie nicht.

HATSUE
Diese Verhandlung ist unfair. Dein Vater hätte das in seiner
Zeitung geschrieben.

Er fährt weiter. Und wendet den Blick nicht von der Straße.

ISHMAEL
(ruhig)
Was hätte er denn geschrieben?

HATSUE
Daß diese Verhandlung *ungerecht* ist. Daß es einzig und
allein um Vorurteile geht. Die ganze Sache ist unfair.

ISHMAEL
Manchmal denke ich, daß Ungerechtigkeit einfach zum Lauf
der Welt gehört.

HATSUE
Ich rede hier nicht vom ganzen Universum, ich rede von be-
stimmten Leuten. Dem Gerichtsmediziner zum Beispiel.
Vom Staatsanwalt. Von dir.

Hisao Imada schaut aus dem Fenster. Schweigend.

ISHMAEL
Glaubst du das wirklich?

Sie mustert sein Gesicht.

ISHMAEL
Vielleicht sollte ich wirklich einen Artikel schreiben. Genau.
Über die Ungerechtigkeit. Darüber, wie unfair Menschen
miteinander umgehen.

Er hebt den Blick. Und trifft im Spiegel auf ihren.

INNEN: PETERSENS LEBENSMITTELLADEN – TAG

Ishmael, noch in Uniform, gerade aus dem Krieg zurück, steht in
der Kassenschlange und trägt Milch und Cracker auf dem Arm.
Der leere Ärmel seiner Feldjacke der US-Marines ist am Ellbogen
umgeheftet.

Vorne an der Kasse legt Hatsue ihren Einkauf auf die Theke. Sie
trägt ein Kleinkind auf dem Arm.

Sven Ronson, der vor Ishmael wartet, dreht sich um und wirft
einen Blick auf Ishmaels hochgesteckten Ärmel. Die Frau an der
Kasse sieht ihn neugierig an und senkt dann betreten den Blick.

ISHMAEL
(herausfordernd)
Ihr dürft ruhig gucken! Ist schon in Ordnung! Wir können
darüber reden!

Jetzt starren ihn alle an. Und wieder weg. Allgemeine Verwirrung.

ISHMAEL
Ja, ein Arm ist ab! Gesehen? Ist einfach so weggeschossen
worden! Von den Japsen!

Keiner weiß, wohin er blicken soll. Hatsue räumt ihre Lebensmit-
tel ein. Ishmael stellt seine Milch und die Cracker ab. Marschiert
auf die Tür zu. Dann, ohne stehenzubleiben oder sich umzudrehen:

ISHMAEL
Tut mir leid!

AUSSEN: STRAND – ABEND

Ishmael allein an dem vertrauten Strand seiner Kindheit.

NAH... wir sehen, daß er von Kummer übermannt ist. In der
Hand hält er eine Kriegsauszeichnung, ein Purple Heart.

Voller Wut und Kummer marschiert er auf und ab, und dann
schleudert er den Orden so weit er kann von sich. Ins Wasser.
Kreischende Möwen umkreisen ihn.

Ishmael stapft davon.

AUSSEN: SOUTH BEACH BAY – MORGEN

Ishmael, zwischen Bäume geduckt. Oberhalb eines sonnigen
Strandes. NAH auf sein Gesicht. Er blickt nach unten. Er hat dort
auf dem Strand etwas entdeckt.

Wir sehen Hatsue unten am Strand. Sie ist allein, sucht mit einem
Rechen nach Muscheln. Ihr Baby liegt daneben unter einem Sonnenschirm auf einer Decke.

Ishmael geht hinunter, betritt den Sandstreifen. Überquert ihn und nähert sich der Stelle, an der sie gräbt. Dort hockt er sich hin. In respektvollem Abstand.

ISHMAEL
Kann ich mit dir reden?

Sie muß ihn bereits kommen gesehen haben, denn sie erschrickt beim Klang seiner Stimme nicht. Sie läßt sich aber auch nicht bei ihrer Arbeit stören.

ISHMAEL
Tut mir leid. Ich hätte dieses Wort nicht zu dir sagen dürfen.

HATSUE
Ich bin verheiratet, Ishmael. Es ist nicht richtig, daß wir zwei allein miteinander sind. Die Leute werden re…

ISHMAEL
Ich komme mir vor, als würde ich sterben. Ich kann nicht schlafen, ich kann nichts essen. Ich rede mir ein, daß es so nicht weitergehen kann, aber ich kann nichts dagegen tun.

Kurzes Schweigen. Er versucht, sich in ihr Blickfeld zu schieben.

ISHMAEL
Ich weiß, daß du die Idee für verrückt halten mußt, aber ich möchte dich einfach nur in den Arm nehmen. Nur fünf Sekunden lang. Und dabei dein Haar riechen. Ich glaube, wenn du mich umarmst, nur dieses eine Mal, dann schaffe ich es. Dann kann ich es ertragen, nie wieder mit dir zu reden. Ich muß noch einmal in deinen Armen sein, Hatsue, nur für fünf Sekunden.

HATSUE
Ich habe etwas Schreckliches getan, Ishmael. Ich weiß, was du fühltest. Und was ich nicht fühlte.

Traurigkeit liegt in ihrer Stimme. Aber auch Kraft.

HATSUE
Und ich habe nie den Mut aufgebracht, es dir zu sagen.

Seine Augen schwimmen in Tränen. Er schluckt sie herunter, er muß.

HATSUE
Aber du mußt mir jetzt zuhören. Ich kann dich nicht mehr umarmen. Nicht einmal für fünf Sekunden. Überhaupt nicht. Du mußt mich loslassen.

Sie erhebt sich langsam. Streift sich den Sand vom Rock.

HATSUE
Dich zu umarmen wäre falsch und hinterlistig. Du wirst ohne meine Umarmung leben müssen. So ist es nun einmal.

Sie macht einen Schritt zurück.

HATSUE
Dinge gehen zu Ende. Das ist so.

Sie dreht sich um. Nimmt das Baby auf den Arm, hebt Decke, Sonnenschirm, Rechen und Eimer auf. Er sieht reglos zu, wie sie ihre Sachen zusammenräumt. Als sei er nicht da. Und im Gehen...

HATSUE
Lebe dein Leben weiter.

AUSSEN: HAUS DER IMADAS – ABENDDÄMMERUNG

Der Chrysler hält vor dem Farmhaus, das wir bereits gesehen haben. Fast genau an der Stelle, von der aus Ishmael Hatsue vor so vielen Jahren beobachtet hat.

Hisao steigt aus. Verneigt sich mit einem dankbaren Lächeln. Als Hatsue aussteigen will, dreht sich Ishmael zu ihr um.

ISHMAEL
Hatsue?

Er greift in seine Manteltasche, in der der Bericht aus dem
Leuchtturm steckt.

ISHMAEL
Ich muß dringend mit dir reden...

HATSUE
Ich danke dir für deine Hilfe, Ishmael. Bitte verdirb die
Sache jetzt nicht...

ISHMAEL
Nein, es ist etwas anderes. Ich glaube, es ist sehr wichtig.

Hatsue zögert. Wartet. Ishmael will etwas sagen. Schaut dann jedoch zur Seite.

HATSUE
Vielleicht ein andermal.

Sie stapft in den Spuren ihres Vaters zum Haus. Auf der Veranda
tauchen ihre Kinder und Hatsues Mutter auf. Wütend über sich
selbst, stopft Ishmael die Notizen wieder in die Tasche und fährt
los.

AUSSEN/ INNEN: DIE WOHNUNG DER CHAMBERS' –
ABEND

Ishmael geht von seinem geparkten Auto über einen kleinen Weg
auf ein beschlagenes Küchenfenster zu. Als er näher kommt,
wischt eine Hand von innen über die Scheibe, und ein Gesicht
beugt sich in das kleine Guckloch, späht nach draußen. Ishmael
schaut hinein. Nur die Glasscheibe trennt sein Gesicht von dem
seiner Mutter im Lampenlicht.

INNEN: KÜCHE CHAMBERS' – ABEND

NAH auf einen dampfenden Suppentopf, der auf einem Holzofen steht. AUFZIEHEN, bis wir Helen sehen, die trotz der Hitze vom Küchenofen in einen dicken Mantel und einen Schal gehüllt ist.

HELEN
Diese Verhandlung ist ein schlechter Witz. Die ganze Insel sollte sich was schämen.

Sie füllt mit einer Holzkelle Suppe in zwei Schalen.

HELEN
Sie haben ihn nur festgenommen, weil er Japaner ist.

ISHMAEL
Was das anbelangt, trägt er auch nicht gerade viel zu seiner eigenen Verteidigung bei. Er sitzt einfach nur trotzig da. Und macht ein Gesicht wie die Japaner in unseren Propaganda-filmen.

HELEN
Ich kenne ihn doch gut genug. Er ist ein eindrucksvoller Mann. Sein Gesicht ist stark und mutig. Aber das macht ihn noch lange nicht schuldig.

ISHMAEL
Selbstverständlich nicht. Aber ganz so einfach ist es auch wieder nicht. Die Beweislage spricht eindeutig gegen ihn. Der Vertreter der Anklage hat seine Tatsachen lückenlos aufgeführt.

Helen stellt Ishmael eine Schüssel hin.

HELEN
Du hast zwar noch nicht gehört, was die Verteidigung zu sagen hat, aber du hörst dich so an, als würdest du ihn schon jetzt am liebsten hängen sehen!

EINSTELLUNG BLEIBT auf Ishmael, während sich Helen ihm gegenüber an den Tisch setzt.

> HELEN
> Abgesehen davon: das Leben besteht nicht nur aus lückenlosen Tatsachen.

> ISHMAEL
> Woraus denn noch? Alles andere ist reine Gefühlsduselei. An Tatsachen kann man sich wenigstens festhalten. Gefühle verfliegen einfach.

> HELEN
> Dann laß dich von ihnen davontragen. Falls du noch weißt, wie das geht, Ishmael. Falls du es schaffst, sie wiederzuentdecken.

Sie fangen an zu essen. Dann, ganz plötzlich…

> ISHMAEL
> Ich bin so unglücklich.

INNEN: WOHNUNG DER CHAMBERS', ARBEITSZIMMER – SPÄTER ABEND

Ishmael sitzt am Schreibtisch seines Vaters. Die Kerze wirft einen Lichtkreis auf ein gebundenes Buch mit Ausgaben der ISLAND REVIEW, in dem er herumblättert. Bei einer bestimmten Seite hält er an…

…das ERDBEERFEST. Hatsue als Prinzessin.

Er blickt vom Schreibtisch auf. Ein Glitzern lenkt seine Aufmerksamkeit auf…

…ein anderes Regal. Mit Büchern und anderem Krimskrams vollgestopft. Ein dünnes, gebogenes Stück Metall. Er dreht den Kopf, um genauer hinzuschauen, und jetzt sehen wir…

...eine altehrwürdige BRILLE. Die Brille, die wir Arthur schon mehrmals an seinem Hemd haben putzen sehen. Und Ishmael...

...geht zu dem Regal. Nimmt vorsichtig die Brille in die Hand. Putzt sie an seinem Hemd sauber. Dann hält er sie ins Licht, wobei er sein eigenes Abbild in ihren Gläsern zweifach gespiegelt sieht.

AUSSEN: FRIEDHOF MIT KRIEGSGRÄBERN – TAG

Ishmael, den Ärmel seines dunklen Traueranzugs am Ellbogen umgesteckt. Er steht neben seiner Mutter. In einiger Entfernung schaufeln Totengräber ein Grab zu. Trauergäste finden sich ein, einige drehen sich zu Ishmael um. Halten sich fern, indem sie ihre Verlegenheit als Respekt kaschieren.

Eine kleine Gruppe macht Helen ihre Aufwartung. Ein Mann spricht sie an. MASATO NAGAISHI ist alt und gebrechlich. Aber seine Stimme ist klar...

> NAGAISHI
> Die japanischen Bewohner der Insel sind untröstlich über diesen Verlust. Ihr Mann war ein gerechter Mensch, voller Mitgefühl für andere...

Er steht in respektvoller Entfernung vor ihr. Helen dankt ihm mit einem Nicken.

> NAGAISHI
> Er war unser Freund. Und der aller Menschen.

Schweigen. Sie stehen da wie versteinert. Schließlich dreht sich Nagaishi zu Ishmael um.

> NAGAISHI
> Wir wissen, daß Sie in seine Fußstapfen treten. Und sein Andenken in Ehren halten werden.

Ishmaels Gesicht läßt erkennen, daß er die Herausforderung deutlich verstanden hat.

INNEN: WOHNUNG DER CHAMBERS', ARBEITSZIMMER –
SPÄTER ABEND

Ishmael dreht sich um und sieht Helen, die ihn von der Tür aus
beobachtet. Sie trägt immer noch Mantel und Schal.

    HELEN
    Bleib über Nacht hier. Fahr nicht in diesem Unwetter nach
    Hause.

    ISHMAEL
    Ich muß morgen früh raus.

Kurzes Schweigen. Ishmael geht zum Schreibtisch, um den Zei-
tungsband zuzuklappen, doch Helen hat das Bild von Hatsue bereits gesehen.

Nach einer kurzen Pause. Sagt sie ...

    HELEN
    Dieses Zimmer steckt voller Geister, was?

Keine Reaktion. Ishmael dreht sich um und schiebt das Buch in
die Lücke im Regal zurück.

    HELEN
    So sehe ich dich gar nicht gern ...

Ishmael dreht ihr nach wie vor den Rücken zu.

    ISHMAEL
    Ich weiß nicht, wovon du redest.

    HELEN
    Aber ich habe recht, stimmt's? Was deine Gefühle für sie an-
    geht?

Ishmaels Schweigen spricht Bände.

HELEN
Sie ist verheiratet, Ishmael.

Keine Reaktion.

HELEN
Komm, es ist schrecklich kalt hier drin. Reden wir in der Küche weiter.

ISHMAEL
Ich will nicht darüber reden.

HELEN
Du bist genau wie dein Vater. Der hat auch nie…

Ishmael wirbelt herum. Sein Gesicht ist ganz aufgewühlt.

ISHMAEL
Ich bin nicht so wie mein Vater. Ich weiß, daß das alle so haben wollen. Jedesmal, wenn sie mich ansehen, weiß ich, was sie denken: ›Er kann seinem Vater nicht das Wasser reichen.‹ Und damit haben sie sogar recht.

Helen schaut ihm eindringlich in die Augen. Dann, ganz ruhig…

HELEN
Ich wollte nur sagen, daß ihm die Kälte auch nichts ausmachte.

Ishmael sieht weg. Sie geht ein Stück auf ihn zu. Und umarmt ihn rasch.

HELEN
So schlimm ist es auch wieder nicht. Deines Vaters Sohn zu sein.

Sie rückt Ishmaels Schal zurecht. Lächelt ihn verhalten an. Dann geht sie und läßt ihn allein im Zimmer zurück.

In den Brillengläsern auf dem Schreibtisch spiegelt sich ein Schnappschuß von Arthur und seinem noch jungen Sohn, der unter die Glasauflage des Schreibtischs geklemmt ist.

INNEN: ISHMAELS WOHNUNG – NACHT

EXTREME NAHAUFNAHME: DER WAGEN EINER ALTEN SCHREIBMASCHINE

Die Worte: »DIE FRATZE DER VOREINGENOMMENHEIT« werden getippt. Dann… wird die Seite HERAUSGERISSEN. Und ZERKNÜLLT.

INNEN: ISHMAELS WOHNUNG – NACHT

HALBTOTALE: DAS PAPIERKNÄUEL FÄLLT AUF DEN BODEN…

…wo es neben einem Haufen anderer solcher Knäuel landet. Ishmael spannt einen neuen Papierbogen in die Maschine, wobei er das Blatt mit dem Mund festhält. Der Wind treibt unablässig Schnee gegen die Fensterscheibe.

NÄHER HERAN… als er von neuem zu tippen anfängt… »ANSTÄNDIGKEIT UND GERECHTIGKEIT«…

…und wieder aufhört. Auf dem Schreibtisch liegt der Bericht aus dem Leuchtturm im Lampenlicht.

NAH AUF die Eintragungen, während Ishmael eine Ecke des Blattes in die Flamme hält. Sie zerbröselt langsam zu Asche.

SCHNITT AUF:

INNEN: ISHMAELS WOHNUNG – NACHT

Eine Schranktür wird geöffnet. Dahinter verbirgt sich jede Menge Kram, darunter eine sorglos verstaute Armprothese. KIPPSCHWENK, bis wir sehen, daß ein Pappkarton herausgezogen wird. Der Deckel wird abgenommen, und wir sehen…

...ein Durcheinander von alten Fotos, Zeitungsausschnitten und Büchern. Ein nicht gerade sorgfältig geführtes Archiv voll mit Erinnerungen. Ein altes Jahrbuch aus der Oberschule wird aufgeschlagen, in dem ein kleiner Stapel Briefe verborgen war.

Ishmael blättert die Briefumschläge durch. Zieht einen Umschlag heraus. Auf der Rückseite LESEN WIR...

...den Absender »KENNY YAMASHITA«.

Ishmael betrachtet den Umschlag in seiner Hand. Dreht ihn um.

Der Umschlag dreht sich. Die Vorderseite ist leer. Eine Hand fängt an zu schreiben: »Ishmael Chambers«...

WIR BEFINDEN UNS IN:

INNEN: BARACKE DER IMADAS – SPÄTER NACHMITTAG

Die überfüllte Hütte, in der die Imadas eine Bleibe gefunden haben. Durch die Ritzen in den dünnen Wänden weht ständig Staub herein.

Hatsue ist allein. Sie ist es, die den Briefumschlag beschriftet.

Die Tür geht auf. Staub und Wind wirbeln herein. Hatsues Schwestern kommen lachend in die Hütte getobt. Hatsue wirft ihnen einen wütenden Blick zu.

SUMIKO
(zu Hatsue)
Oh, bitten vielmals um Entschuldigung, Königliche Hoheit.

Ausgelassen schnappt sich Sumiko den Brief.

SUMIKO
Na, wer ist denn dein Allerliebster?

HATSUE
Gib sofort her!

SUMIKO
(liest)
Ishmael Chambers! Von Kenny Yamashita?

Jetzt tritt Fujiko ein. Sie hat den Rest noch mitgehört. Das
Gelächter verstummt. Sumiko steht wie erstarrt mit dem Brief in
der Hand da. In der lähmenden Stille...

...SCHNAPPT ihn sich Hatsue wieder. Wilde Blicke funken zwischen den beiden Schwestern hin und her. Fujikos Augen verlangen nach einer Erklärung.

Fujiko fordert die beiden anderen Mädchen mit einem Nicken
auf, sie und Hatsue alleinzulassen. Sie gehorchen. Die Mutter
tritt zur Seite, um sie vorbeizulassen. Sieht ihre älteste Tochter
an. Hatsue sitzt auf ihrer Pritsche, den Brief auf dem Schoß.

FUJIKO
Ist das die Erklärung dafür, daß du immer so versessen darauf warst, in den Wald zu gehen? Um Beeren zu sammeln?

In die Stille dringen Geräusche von anderen Familien ringsum.

FUJIKO
(leise)
Ist es so? Antworte mir.

Statt zu antworten, zieht Hatsue den Brief aus dem Umschlag. Sie
schaut ihrer Mutter direkt, fast herausfordernd ins Gesicht. Dann
fängt sie zu lesen an.

HATSUE
(liest)
»Lieber Ishmael. Ich kann mir nichts Schmerzvolleres vorstellen, als Dir diesen Brief zu schreiben. Ich spüre, daß ich
Dir die Wahrheit sagen muß. Als wir uns beim letzten Mal
in der alten Zeder getroffen haben, und ich Deinen Körper
so eng an meinem spürte...«

Hatsue schaut ihrer Mutter in die Augen. Fujiko setzt sich plötzlich auf einen Stuhl. Zieht den staubigen Mantel fester um sich.

> HATSUE
> (liest)
> »...da wußte ich mit Gewißheit, daß alles ganz falsch war...«

SCHNITT AUF:

INNEN: ISHMAELS WOHNUNG – NACHT

...die KAMERA SCHWENKT von dem eingerissenen, fleckigen Brief auf...

...ISHMAELS GESICHT. Er steht neben dem offenen Wandschrank und liest.

HATSUES STIMME fährt fort:

> HATSUE (OFF)
> »...ich wußte, daß wir niemals auf die richtige Weise zusammensein können. Und daß ich es Dir bald sagen müsse...«

INNEN: BARACKE DER IMADAS IN MANZANAR – SONNENUNTERGANG

Hatsue liest weiter. Ihr Trotz ist schon beinahe ganz verflogen.

> HATSUE
> »...Und jetzt sage ich es Dir, mit diesem Brief. Ich schreibe Dir zum letzten Mal. Ich gehöre Dir nicht mehr.«

Das Mädchen ist sich der Anwesenheit seiner Mutter gar nicht mehr bewußt, sosehr ist sie vom Ausdruck ihres eigenen Kummers benommen.

NAH AUF den Brief.

INNEN: TRUPPENTRANSPORTER, MANNSCHAFTS-SCHLAFRAUM – NACHT

RANFAHRT auf Ishmael, der den Brief liest.

HATSUE (OFF)
»...Ich liebe Dich nicht, Ishmael. Mir fällt kein aufrichtigerer Weg ein, es Dir zu sagen. Als ich Dein Herz so nah schlagen hörte, als wir so nah beisammen lagen, fühlte ich mich Dir näher als je einem anderen Menschen zuvor. Gleichzeitig wußte ich, daß es nicht ewig so weitergehen konnte.«

Wir HÖREN die störenden Geräusche seiner Kameraden. Sehen sie im Unschärfebereich des Vordergrundes vorbeigehen... sie reinigen ihre Waffen...

HATSUE (OFF)
»Ich wußte es jedes Mal, wenn wir zusammen waren...«

NÄHER. NÄHER. Auf Ishmael.

HARTER SCHNITT AUF:

AUSSEN: UNTER WASSER, TARAWA-ATOLL – NACHT

UNTER WASSER. Wogendes Seegras. SCHWENK NACH...

Über uns, an der Wasseroberfläche, treiben Leichen fast ätherisch vor den blinkenden roten und gelben Lichtern im Nachthimmel über ihnen. Es sieht aus wie das Nordlicht. Die Unterseite eines Schiffsrumpfes. Die Wasseroberfläche wird von hereinspringenden Körpern durchbrochen.

Jetzt NAH AUF Ishmaels Gesicht unter Wasser.
Er trägt seinen Kampfanzug plus Helm. Es sieht aus, als würde er ertrinken. Sein schweres Marschgepäck droht ihn nach unten zu ziehen. Andere Körper landen rings um ihn herum. In dem ganzen Durcheinander verliert Ishmael sein Gewehr.

SÄMTLICHE GERÄUSCHE klingen gedämpft, mit Ausnahme seines eigenen HERZSCHLAGS und HATSUES STIMME, die noch immer den Brief liest...

> HATSUE (OFF)
> »...Ich liebte Dich, und im selben Augenblick liebte ich Dich nicht...«

AUF ISHMAEL. Seinem Mund entweichen BLASEN, während er verzweifelt versucht, sich von seinem Tornister zu befreien. Unter ihm treibt ein toter MARINESOLDAT in einem Gewirr aus Stacheldraht.

> HATSUE (OFF)
> »...Also versuche ich, mein Leben, so ich kann, weiterzuführen, und ich hoffe, daß Du das gleiche tust. Du mußt LEBEN, Ishmael...«

WIE ALS REAKTION DARAUF, kämpft sich Ishmael nach oben, DURCHBRICHT die Wasseroberfläche, schnappt nach Luft und befindet sich INMITTEN EINES TOLLHAUSES AUS SCHÜSSEN UND EXPLODIERENDEN GRANATEN.

AUSSEN: MEERESOBERFLÄCHE, TARAWA-ATOLL – NACHT

Das Wasser ist von tödlichem Granatfeuer und brennenden Wrackteilen aufgewühlt. Ishmael versucht, in diesem Inferno irgendwie zu überleben.

Zerrissene, bruchstückhafte Eindrücke durch aufpeitschende Wellen...

...Soldaten, die von einem LANDUNGSBOOT ins Wasser springen...

...ein Mann geht unter, ertrinkt. Ein anderer erhält einen Kopfschuß...

...überall wühlen sich Soldaten durch das Wasser, versuchen die Küste zu erreichen, eine ferne, von Rauchschwaden umwehte SILHOUETTE MIT PALMEN, die im zuckenden Licht der Explosionen immer wieder kurz sichtbar wird...

> HATSUE (OFF)
> »Ich wünsche Dir für Deine Zukunft immer nur das allerbeste...«

SCHWARZ.

AUSSEN: STRAND VON TARAWA/PIER – NACHT

Ganz flüchtig sehen wir im Bruchteil einer Sekunde den von Granaten durchsiebten, ausgebrannten Schiffsrumpf, EINGEHÜLLT IN DICHTE RAUSCHSCHWADEN.

EINE HAND greift verzweifelt nach dem zerfetzten Rand. Ishmael zieht sich hinauf. Mit keuchenden Lungen.

Jetzt, in hüfthohem Wasser, schleppt er sich unter die Holzkonstruktion des Piers. Andere Männer kämpfen sich an ihm vorbei. Ringsum spritzt das Wasser von den dichten Granateinschlägen in hohen Fontänen auf.

Unter den Brettern des Piers sieht Ishmael...

...einen JAPANISCHEN SOLDATEN, der inmitten der Girlanden aus Rauch und roten und gelben Blitzen aus dem Wasser aufsteigt. SEIN KAHLGESCHORENER KOPF UND SEIN NACKTER OBERKÖRPER verleihen ihm das unwirkliche Aussehen eines vorzeitlichen Kriegers. Sein Gesicht weist eine flüchtige Ähnlichkeit mit KAZUO auf.

> HATSUE (OFF)
> »...Aber jetzt muß ich mich endgültig von Dir verabschieden...«

RÜCKSCHWENK auf NAHAUFNAHME von Ishmael, als...

... eine GEWALTIGE, KREISCHENDE EXPLOSION DAS GANZE BILD IN GRELLES WEISS TAUCHT.

AUSSEN: DAMM – TAG

LANGSAME AUFBLENDE AUS WEISS

Grelles Sonnenlicht. Ishmael wacht auf, Wellen überspülen ihn. Nur wenige Zentimeter neben ihm treibt ein Leichnam im Wasser. Aus dem Tornister des toten Soldaten rutschen Fotos von lächelnden Verwandten und treiben in der Brandung davon.

Direkt am Strand die entsetzlichen Überreste von Tod und Vernichtung. Halb im Sand begrabene Leichen, wie unvollendete Steinskulpturen. Einige sehen aus, als schliefen sie, seltsam friedlich inmitten der Zerstörung.

> HATSUE (OFF)
> »Ich weiß, daß Du auf dieser Welt noch Großes vollbringen wirst...«

Hinter Ishmael wird ein Teil des von Rauch eingehüllten Strandes sichtbar. Von dem wenigen, was wir erkennen können, sieht es aus, als hätte ein Wirbelsturm zugeschlagen. Zerfetzte Palmen, ein ausgebrannter Panzer, ein gestrandetes Landungsboot. Über den Damm kriechen ein paar Soldaten und verteilen Waffen an die Überlebenden.

Der ohrenbetäubende DONNER von EXPLOSIONEN hält an. Auch das harte Knattern von Maschinengewehren und die dumpfen Detonationen der Granaten sind IMMER NOCH ZU HÖREN...

INNEN: ISHMAELS WOHNUNG – NACHT

...ISHMAEL sitzt, Hatsues Brief noch immer in der Hand, auf seinem Bett. Als er sich umdreht, ist der Stumpf seines amputierten Arms zum ersten Mal richtig zu sehen, nackt und schrecklich verwundbar...

AUSSEN: DAMM – TAG

…ein Gruppenführer stürmt ÜBER DEN DAMM. Feindliches
Feuer BELLT LOS, und die zusammengewürfelte Einheit WIRFT
sich in das SPERRFEUER aus Mörser- und Maschinengewehr-
salven hinein, FLAMMENWERFER zerreißen den RAUCH, der
wie ein Leichentuch über allem hängt.

DIE KAMERA FOLGT Ishmael, der zwischen zerschossenen
Palmen und sich silhouettenhaft abzeichnenden Wrackteilen
LOSRENNT.

> HATSUE (OFF)
> »…Du hast ein gütiges Herz. Ein gutes Herz, Ishmael…«

Plötzlich sind ALLE GERÄUSCHE weg. Nur noch Ishmaels pa-
nisches Schnaufen ist zu hören. Der Mann neben ihm geht stumm
zu Boden, Ishmael DREHT SICH instinktiv um, ein ungehörter
Schuß…

…ZERFETZT seinen linken Ellbogen. Er starrt an sich herab,
eher erstaunt als alles andere. Wir hören immer noch nur sein
Atmen.

SCHNITT AUF:

AUS ISHMAELS BLICKWINKEL… sein linker Unterarm… aus
seinem Ärmel rinnt Blut, läuft über die nach oben gedrehte Handfläche…

ZWEI HÄNDE nehmen den ARM weg…

WIR BEFINDEN UNS IN:

INNEN: OPERATIONSSAAL AN BORD – NACHT

…ein Inferno aus Soldaten und Blut und Ärzten und abgetrenn-
ten Gliedmaßen und ausgestoßenen Flüchen. Bei den meisten der
Chirurgen handelt es sich um junge Studenten, die hier ihr Ge-
schäft offensichtlich direkt vor Ort lernen.

HATSUE (OFF)
»...Ich werde Dich und die Zeit, die wir miteinander ver-
bracht haben, niemals vergessen.«

DIE KAMERA findet Ishmael. Fiebrig, mit vom Morphium ver-
schleierten Augen, sich der Riemen nicht bewußt, mit denen er
auf dem Tisch festgeschnallt ist. Auf seiner Brust liegt eine blu-
tige HANDSÄGE. Ishmael blinzelt ungläubig. Dreht sich zur
Seite und sieht...

...dort, da wird von einem der Helfer gerade...

...sein linker Arm weggetragen.

ISHMAEL
(halbbetäubt krächzend)
...elende, gottverdammte *Japsenschlampe!*

SCHWARZ.

INNEN: GERICHTSSAAL – FRÜHER MORGEN (DRITTER
VERHANDLUNGSTAG)

Ein Streichholz flammt auf. Eine große Kerze wird angezündet.

SCHNITT AUF:

HALBTOTALE... der leere Gerichtssaal. Alles ist für den kommenden Tag und das Verfahren bereit. Der Raum ist von einem
Dutzend Kerzen erleuchtet. Wie eine Kapelle.

INNEN: GERICHTSSAAL – TAG
NAH AUF Kazuo:

GERICHTSDIENER (OFF)
Schwören Sie, die Wahrheit zu sagen. Die ganze Wahrheit.
Und nichts als die Wahrheit? So wahr Ihnen Gott helfe?

KAZUO
Ich schwöre.

135

EINSTELLUNG AUF Kazuo im Zeugenstand. Nels geht vor ihm auf und ab. Er wird jeden Augenblick seine erste Frage stellen.

SCHNITT AUF:

DETAIL AUF Kazuos Augen. Nebelschwaden wehen vorbei.

WIR BEFINDEN UNS IN:

AUSSEN: SHIP CHANNEL BANK, DIE *SUSAN MARIE* – NACHT

Dichter Nebel. Wasserplätschern. Am Rumpf eines Bootes. Der Nebel lichtet sich, enthüllt...

Augen. Sie sind blau. Die dichten Brauen darüber sind dunkelblond, dicht und feucht.

CARL
Meine Batterien sind alle. Alle beide. Die Keilriemen waren locker.

AUFZIEHEN, bis wir ihn sehen. Mit seiner Kerosinlampe und seinem Kompressorhorn.

KAZUO
Halb so wild. Wir ziehen bei mir eine raus, dann kriegen wir dich wieder flott.

AUFZIEHEN, bis wir auch Kazuo sehen, auf sein Gaff gestützt. Er blinzelt nach oben. Zur Spitze von Carls Mast. Wir folgen seinem Blick und sehen...

KAZUO
Du hast eine Laterne aufgezogen? Bei so einem Nebel?

Jetzt sehen wir sie. Sie SCHAUKELT mit den Bewegungen des hilflos treibenden Boots hin und her.

CARL
Laterne und Kompressorhorn. Ohne Saft bleibt mir nichts anderes übrig.

SCHNITT AUF:

INNEN: SHIP CHANNEL BANK, DIE *SUSAN MARIE* – NACHT

BLICK AUF eine große Batterie, die gerade von einem Boot ins andere geschwungen wird. Carl betrachtet sie genauer.

CARL
Das Ding ist ein bißchen zu groß. Aber wir kriegen sie schon rein, wenn wir den Flansch ein bißchen zur Seite kloppen.

Kazuo greift nach unten und hebt sein GAFF auf.

KAZUO
Das hier können wir als Hammer nehmen.

INNEN/AUSSEN: KABINE DER *SUSAN MARIE*, SHIP CHANNEL BANK – NACHT

NAH auf Batterieschacht. Eine Batterie sitzt an Ort und Stelle, ein Fach ist leer. Und …

… KRACH! Das stumpfe Ende eines Gaffs KNALLT gegen den Metallflansch. Wieder. Wieder. WIEDER. Und als der nächste Hieb NIEDERSAUST, sehen wir die riesige Hand …

… WEGRUTSCHEN, und das weiche Metall reißt Carl die Haut quer über die Handfläche auf. Er wirft einen kurzen Blick auf den blutenden Schnitt, arbeitet jedoch weiter und hört erst auf, als er Platz für die neue Batterie gemacht hat. Zufrieden setzt er Kazuos Batterie an Ort und Stelle ein, klemmt sie fest und schließt den Deckel des Batterieschachts. Er ragt ein Stück aus dem Boden heraus, weil er auf der größeren Batterie aufliegt.

CARL
Weiß nicht, wie lange es dauert, bis sie wieder geladen ist...

KAZUO
Behalt sie heute nacht. Ich sehe dich dann wieder am Dock.

Kazuo hebt sein Gaff auf und macht sich auf den Weg zu seinem Boot.

CARL (OFF)
Sieben Morgen...

Kazuo bleibt stehen.

CARL
Ich frage mich, was du dafür zahlen würdest. Nur so, aus reiner Neugier.

KAZUO
Für wieviel würdest du sie denn verkaufen? Warum fangen wir nicht so an?

CARL
Wer sagt denn, daß ich verkaufe? Und wenn – dann müßte ich in Betracht ziehen, daß du ziemlich scharf drauf bist. Wahrscheinlich könnte ich ein hübsches Sümmchen dafür verlangen...

Ein kurzes Achselzucken. Ein Grinsen.

CARL
Aber so gesehen... Vielleicht hättest du deine Batterie lieber wieder zurück.

Kazuo erwidert das Grinsen nicht. Sein Gesicht läßt überhaupt keine Regung erkennen.

KAZUO
Die Batterie ist drin, das ist erledigt. Außerdem würdest du das gleiche für mich...

CARL
…möglicherweise, vielleicht. Ich muß dich aber warnen,
Häuptling, ich bin nicht mehr so gestrickt wie damals.

Kazuos Gesicht bleibt ausdruckslos. Der massige Mann blinzelt
zu ihm herauf. Hält die verletzte Hand mit der Schnittwunde
kurz an den Mund.

CARL
Teufel noch mal, es tut mir leid, okay? Diese ganze ver-
dammte Geschichte. Wenn ich hier gewesen wäre, hätte
meine Mutter diese Mätzchen gar nicht erst gemacht.

Es tut ihm wirklich leid. Und damit entspannt sich Kazuos Gesicht.

CARL
(grinst)
Ich war dort draußen auf dem Meer. Hab' gegen euch ver-
dammte Japse gekämpft.

KAZUO
(ohne Grinsen)
Ich bin Amerikaner. Hab' ich dich etwa einen Nazi ge-
schimpft, du fettes Nazischwein?

CARL
(leise)
Nicht daß ich mich erinnere.

KAZUO
Ich habe Männer getötet, die genau wie du aussahen, fette
deutsche Saukerle. Also erzähl mir nichts von Japsen, du
fetter Nazisack.

Carl lacht.

CARL
Ich bin ein Saukerl. Ich bin ein dicker fetter Nazisack.

Kurzes Schweigen. Auf Kazuos Pokerface zeigt sich ein Lächeln.
Die beiden Männer mustern einander, und dann ...

CARL
1200 Dollar pro Morgen. Das, was ich Ole bezahlt habe,
und keinen Cent weniger. Da gibt's nichts dran zu rütteln.

KAZUO
Hab ich etwa gesagt, daß ich kaufen will? Was willst du
denn als Anzahlung? Nur mal so aus Neugier gefragt.

CARL
Eintausend als Anzahlung. Morgen unterschreiben wir den
Vertrag.

Sie reichen sich die Hände. Ein kräftiger Händedruck.

KAZUO
Achthundert. Und wir sind uns einig.

Kazuo steigt auf sein Boot hinüber.

INNEN: GERICHTSSAAL – TAG

Kazuo. Im Zeugenstand. Kerzengerade, als hätte er ein Lineal verschluckt. Gelassener Gesichtsausdruck. Flackerndes Kerzenlicht.

HOOKS (OFF)
Aber, Sir, ich kann mir beim besten Willen nicht vorstellen,
aus welchem Grund Sie dem Sheriff diese Geschichte vor-
enthalten haben.

KAZUO
(ruhig)
Ich habe daran gedacht. Ständig.

HOOKS
Nur dann nicht, als Sheriff Moran Sie festnahm. Da sagten
Sie kein Wort davon, daß Sie den Verstorbenen unterwegs
getroffen haben.

140

Dreht sich zu den Geschworenen um. Offensichtlich bestürzt.

HOOKS
Warum nicht?

Keine Reaktion des Angeklagten. Jedenfalls keine erkennbare.

KAZUO
Ich hatte keinen Anwalt ...

HOOKS
Doch sogar *nachdem* Sie einen Rechtsvertreter hatten, behaupteten Sie, *nichts* zu wissen. Carl nicht einmal *gesehen* zu haben. Ist das richtig?

Kurzes Schweigen.

KAZUO
Ja. Ursprünglich.

HOOKS
Na, »ursprünglich« ist ein interessantes Wort, Sir. Man hatte Sie *festgenommen,* Sie *hatten* einen Anwalt, und *trotzdem* behaupteten Sie, nichts von alledem zu wissen!

Stille.

KAZUO
Ich hätte Ihnen alles gleich sagen sollen. Dann würde ich jetzt nicht hier sitzen.

HOOKS
Hätte »alles« sagen sollen. Das heißt, Sie hätten uns die Wahrheit sagen sollen.

SCHNITT ZU:

INNEN: GEFÄNGNIS – ABEND

Nels befragt Kazuo bei ihrem ersten Zusammentreffen.

> NELS
> Ist das die Wahrheit? Die ganze Wahrheit? Wirklich?

> KAZUO
> Die ganze Wahrheit möchten Sie bestimmt nicht hören.

> NELS
> Warum stellen Sie mich nicht auf die Probe?

> KAZUO
> Die ganze Wahrheit ist ... Ich wollte ihn wirklich töten.

> NELS
> Aber ... haben Sie es getan?

SCHWEIGEN

> NELS
> Haben Sie es getan?

> KAZUO
> Nein. Habe ich nicht.

INNEN: GERICHTSSAAL – TAG (WEITER)

Wir können den Zorn direkt spüren. Dicht unter der Oberfläche von Kazuos starrem Blick. Schweigen.

> HOOKS
> Haben Sie nichts zu sagen?

> KAZUO
> (ruhig)
> Ich wußte nicht, daß es sich um eine Frage handelte.

Und Hooks lächelt. Das gefällt ihm. Er geht auf den Zeugen zu, pirscht sich heran.

HOOKS
Ich bitte um Verzeihung. Bedauern Sie es jetzt, nicht die Wahrheit gesagt zu haben?

KAZUO
Ich habe die Wahrheit gesagt.

HOOKS
Sie meinen, heute morgen. Die neue Geschichte, die mit der Batterie. Entspricht sie der Wahrheit? Das ist eine Frage, Sir.

KAZUO
(sogar noch ruhiger)
Ja. Und ich habe sie nicht erst heute morgen erzählt.

Einige Sekunden verstreichen. Hooks fängt wieder an, auf und ab zu gehen.

HOOKS
Dann berichten Sie uns doch einmal davon. Von dieser guten Tat. Wie Sie Carl so selbstlos halfen. Warum eigentlich?

KAZUO
Tja. Das ist so eine Art Code unter den Fischern. Wenn jemand in Not ist, fährt man hin. Ohne groß zu fragen.

HOOKS
Sehr interessant. Ich nehme an, Sie waren derjenige, der um Hilfe rief. Können Sie mir folgen?

KAZUO
Soweit, ja.

HOOKS
Angenommen, Sie sandten den Hilferuf aus. Konnten Sie

sich jederzeit darauf verlassen, daß Ihnen ein anderer Fischer, Carl Heine beispielsweise, zu Hilfe eilte? Und Ihnen half?

KAZUO
Ja.

HOOKS
Verstehe. Sie haben uns erzählt, Sie seien an jenem Abend »zusammen mit anderen Booten« zur Ship Channel Bank ausgelaufen. Stimmt das?

KAZUO
Das stimmt.

HOOKS
Gehörte auch Carl Heines Boot dazu?

KAZUO
Ja.

HOOKS
Haben Sie ihn draußen auf See gesehen?

KAZUO
Ja. Bis der Nebel aufzog. Dann habe ich keinen der anderen mehr gesehen.

HOOKS
Na schön, lassen Sie uns mal sehen ...

Ein FLACKERN, und das LICHT geht wieder an. Raunen aus den Zuschauerreihen. Ein Mann SPRINGT AUF, klatscht in die Hände und eilt aus dem Gerichtssaal. Einige andere folgen ihm auf dem Fuße.

Richter Fielding verschafft sich mit dem Hammer Ruhe, während der Gerichtsdiener die Kerzen auspustet.

HOOKS
Also, wo sind wir stehengeblieben... ach ja...

Hooks überfliegt seine Notizen.

HOOKS
(liest)
In Ihrer Aussage sagten Sie: »Ich schlief bis halb zwei, bis
mich meine Frau weckte, um mir die Neuigkeiten zu berichten. Wir unterhielten uns darüber. Ich verließ um sechs
das Haus und ging direkt zu meinem Boot.

Einige Sekunden verstreichen.

HOOKS
Nirgendwo anders hin? Gleich direkt zum Boot. Und das ist
die Wahrheit.

KAZUO
Ja.

Hooks beugt sich über das Geländer, das den Zeugenstand um-
gibt. Schiebt sich immer mehr in Kazuos Sphäre hinein.

HOOKS
Also: der Sheriff fand zwei Batterien in Ihrem Schacht. Wie
ist das möglich, da Sie doch eine auf Carl Heines Boot
zurückgelassen haben?

KAZUO
Ich hatte noch eine Ersatzbatterie in meinem Schuppen. Die
brachte ich runter zum Boot und baute sie ein, kurz bevor
der Sheriff auftauchte.

HOOKS
Ah. Verstehe. In Ihrem Schuppen. Sehr günstig. Aber
warum haben Sie das eben nicht erwähnt? Warum verändert
sich diese Batteriegeschichte jedesmal, wenn ich eine neue
Frage stelle?

Kazuo sieht ihn gelassen an.

KAZUO
Sie fragten, ob ich direkt zum Boot ging. Das tat ich auch.
Mit der Batterie.

Hooks tritt zurück. Mustert den Zeugen von oben bis unten.

HOOKS
Und das neue Tau? War das auch in Ihrem Schuppen? Sie
scheinen dort ja einen ganzen Krämerladen zu haben.

Schweigen.

HOOKS
Fällt Ihnen darauf keine Antwort ein? Sie sitzen hier schwei-
gend vor uns, ausdruckslos. Es fällt wirklich schwer, Ihnen
Vertrauen zu schenken, Sir...

NELS (OFF)
Einspruch!

RICHTER
Mr. Hooks, Sie wissen es doch ebenso wie ich. Entweder Sie
stellen Fragen, die zu etwas führen, oder Sie setzen sich hin
und geben Ruhe.

Schweigen. Der Richter blickt unerbittlich von seiner Kanzel
herab. Hooks zuckt nicht einmal mit der Wimper.

RICHTER
Schämen Sie sich.

Hooks läßt den Blick zu Kazuo wandern. Schaut ihm unverwandt
in die Augen, so daß die Geschworenen Kazuos undurchdringli-
chen Blick genau studieren können. Dann wendet er sich ab.

HOOKS
Keine weiteren Fragen.

Richter Lew Fielding sieht Nels an. Nels nickt.

RICHTER
Sie können den Zeugenstand verlassen, Mr. Miyamoto.

Während Kazuo den Zeugenstand verläßt…
…SCHWENK ÜBER die Reporterbank. Die Jungs schreiben so schnell wie sich ihre Stifte über das Papier bewegen lassen. Nur Ishmael schreibt überhaupt nicht mehr. Er blickt stumm auf den Block auf seinem rechten Knie. Wir gehen NAH heran und sehen…

Die Worte: »Zwei Laternen«. Doppelt unterstrichen.

INNEN: GERICHTSSAAL, KELLER & ZELLEN – TAG

Ishmael und Moran stehen einander am Ausgabetresen gegenüber. Hinter Moran sehen wir die Verwahrungszelle, in der Kazuo auf einem Feldbett liegt. Er hört zu.

MORAN
Wozu wollen Sie es haben?

ISHMAEL
Es ist ein öffentliches Schriftstück, oder nicht? Falls die Öffentlichkeit sich die Mühe macht und es liest.

Moran denkt einen Augenblick nach. In der Zelle steht Kazuo auf und schaut durch die Gitterstäbe. Ishmael weicht seinem Blick verunsichert aus. Abel kommt herein und geht in Richtung Zelle.

ABEL
Sie werden gleich wieder anfangen.

MORAN
Wo haben wir denn eine Kopie von dieser Inventarliste? Du weißt schon, die Liste, auf der alles draufsteht, was wir auf den Booten gefunden haben.

Abel zeigt auf ein Regal in einem Aktenschrank. Während Moran ein Dokument herauszieht, führt Abel Kazuo, jetzt wieder in Handschellen, aus der Zelle.

Ishmael muß einen Schritt zurückmachen, um sie durchzulassen. Kazuo bleibt stehen.

> KAZUO
> Hey, Chambers!

Ishmael starrt ihn an. Nickt unangenehm berührt.

Abel führt Kazuo weg. Moran knallt das Dokument auf den Tresen.

> MORAN
> Eine Inventarliste ...

Ishmael überfliegt die Liste mit dem Inventar der *Susan Marie,* Carl Heines Boot. Sein Finger bleibt stehen.

SCHNITT AUF:

NAH AUF die Worte: »Laterne, Kerosin. *Eine.*«

Ishmael bleibt einen Augenblick nachdenklich sitzen, dann reicht er Moran das Blatt wieder zurück.

> ISHMAEL
> Danke, Art. Du hast mir sehr geholfen.

INNEN. GERICHTSSAAL – SPÄTER

Alvin Hooks schleicht wie ein Tiger vor der Geschworenenbank auf und ab. Die Geschworenen folgen ihm mit ihren Blicken.

> HOOKS
> ... glauben, daß Etta Heines Sohn ihm das Land *niemals* verkaufen würde. Land, das in seiner Vorstellung, gefiltert durch seinen, aus der Kultur seiner Vorfahren altherge-

brachten Verhaltenskodex, rechtmäßig seiner Familie *gehörte...*

Unterbricht sich. Um sich zu vergewissern, daß sie es alle verstanden haben.

> HOOKS
> Seine *einzige* Chance, an das Land heranzukommen, war, Carl Heine *aus dem Weg zu räumen.* Damit Ole Jurgensen sich nach einem neuen Käufer umsehen mußte.

Er fängt wieder an, auf und ab zu wandern, fährt mit der Hand dabei auf dem Geländer entlang...

> HOOKS
> Für ihn war das auch, immer gesehen durch einen für uns nur schwer zu verstehenden Rachekodex, die *einzige* Möglichkeit, das, was er als seinem Vater und seiner ganzen Familie angetane *Schmach* empfand, wieder zu tilgen...

Er hebt den Finger. Hört alle genau zu...

> HOOKS
> ...eine sämtlichen Vorfahren angetane Schmach, wie sie in einem Land empfunden wird, das uns nach wie vor rätselhaft erscheint. Trotz unserer jüngsten bitteren Erfahrungen mit seinen Sitten und Gebräuchen.

Er unterbricht sich abermals. Legt die Hände auf das Geländer.

> HOOKS
> Und deshalb hielt er kaltblütigen Mord für durchaus gerechtfertigt... er verfolgte Carl Heine... konnte seinen Motor im Nebel gut hören... und betätigte sein eigenes Nebelhorn, als benötigte er Hilfe.

Er richtet sich auf. Schüttelt ganz leicht den Kopf.

HOOKS
Und Carl kommt längsseits heran: »Bitte, Carl«, muß der
Angeklagte gesagt haben. »Tut mir leid, daß wir ein paar
Meinungsverschiedenheiten haben, aber hier, so hilflos in
diesem Nebel, *bitte* ich dich um Hilfe!«

Stellen Sie sich das vor. Stellen Sie es sich genau vor.

HOOKS
Und so macht dieser gute Mann sein Boot fest, während sein
Feind an Bord springt und den hinterhältigen *Schlag* aus-
führt, so präzise, wie ihn die Hand des Vaters Schläge auszuführen *gelehrt* hat.

Er zählt die Tatsachen auf. Ein Finger nach dem anderen...

HOOKS
Die Fehde um diese sieben Morgen schwelte schon seit *sieben Jahren*. Er *stritt* sich mit Carl über den Verkauf des Landes – *eine Woche,* bevor Carl ermordet wurde. Dann wird
Carl aufgefunden. In seinem eigenen Netz. Mit eingeschlagenem *Schädel,* und sein Blut befindet sich auf der *Mord-
waffe,* die man auf dem Boot des Angeklagten findet.

Breitet die Arme aus. Weit.

HOOKS
Und nach einer ganzen Reihe von Lügen gesteht der Angeklagte am Ende, daß er doch am Tatort gewesen ist. Allein
auf dem Boot. Im Nebel. Mit Carl Heines Blut auf seinem
Fischhaken.

Flüstern. Gemurmel...

Hooks dehnt die Pause einige Sekunden aus.

Blickt in die Augen. Eines jeden Mannes. Einer jeden Frau.

HOOKS
Sehen Sie sich den Angeklagten genau an. Sehen Sie, wie
sich die Wahrheit in ihm selbst manifestiert. Und in den Tat-
umständen dieses Falles.

Er dreht sich um. Damit sie seinem Blick in Kazuos versteinerten
Blick folgen.

HOOKS
Sehen Sie in seine Augen, meine Damen und Herren, betrachten Sie sein Gesicht. Und fragen Sie sich, jeder einzelne
von Ihnen: »Was ist meine Pflicht? Als Bürger dieser Ge-
meinde. Dieses Landes. Als *Amerikaner*?«

INNEN. GERICHTSSAAL – SPÄTER

Langsamer SCHWENK über die Geschworenen, die aufmerksam
zuhören ...

NELS
Es existiert kein einziger Beweis, daß der Angeklagte *wü-
tend* auf Carl war, schon gar nicht, daß er *mörderische
Absichten* gegen Carl hegte.

Nels steht völlig ruhig vor ihnen. Die Hände auf dem Geländer.
So ruhig und gelassen, wie sein Gegenspieler zuvor dramatisch
gewesen ist.

NELS
Er hat seinen Jugendfreund Carl gebeten, ihm das Land zu
verkaufen. Und Carl wollte es sich überlegen.

Beugt sich vor. Nur ein wenig.

NELS
Carls eigene *Ehefrau* hat ausgesagt, daß ihr Mann noch un-
entschieden gewesen sei! Ein merkwürdiger Zeitpunkt, um
einem Mann aufzulauern und ihn zu töten, finden Sie nicht?

Er streckt die Hände aus, die Handflächen von sich gekehrt.

NELS
Und trotzdem ist die Anklage dazu verpflichtet, diese Dinge zu *beweisen*. Jenseits aller begründeten Zweifel.

Seine Augen weiten sich.

NELS
Es bestehen mehr als begründete Zweifel, aber mehr als begründete Zweifel brauchen wir hier nicht. Warum befindet sich Kazuos Batterie in *Carls* Schacht, wenn Carl *ihm* helfen wollte?
Warum?

NELS
Warum stammt das Blut auf dem Gaff nicht folgerichtiger von Carls *Hand*verletzung als von seinem *Schädel?* Angesichts der Tatsache, daß weder Knochen- noch Hirngewebe gefunden wurde?

Und nun. Fängt er an, auf und ab zu gehen. Er hinkt ein bißchen, hat den Blick gesenkt.

NELS
Was Mr. Hooks von Ihnen verlangt, ist, daß Sie glauben, es sei überhaupt *kein Beweis nötig*. Gegen einen Mann, der Pearl Harbor bombardiert hat. Sehen Sie ihm ins Gesicht, sagte der Vertreter der Anklage. In der Annahme, daß Sie dort einen Feind erblicken. Er zählt auf Ihre Erinnerungen an diesen Krieg. Und darauf, daß Sie Kazuo irgendwie mit diesem Krieg in Verbindung bringen.

Er hält inne. Sieht sie an.

NELS
Und das ist tatsächlich so. Erinnern wir uns daran, daß First Lieutenant Miyamoto ein von der United States Army *mehrfach* mit Kriegsorden ausgezeichneter *Held* ist.

Er stützt die Ellbogen auf ihr Geländer. Als müsse er mit den Geschworenen etwas sehr Vertrauliches mitteilen.

> NELS
> Kazuo Miyamoto hat einen Fehler begangen. Er hatte zuerst Angst davor, uns zu vertrauen. Angst davor, allein aufgrund von Vorurteilen verurteilt zu werden. Wozu Mr. Hooks Sie auch nachdrücklich auffordert.

Schweigen.

> NELS
> Dabei ist seine Verunsicherung alles andere als unbegründet. Wir haben ihn und seine Frau und Tausende anderer Amerikaner in Konzentrationslager gesteckt. Sie verloren ihre Häuser, ihr Hab und Gut, alles. Das haben wir ihnen angetan, Leute. Dürfen wir uns nun seiner Verunsicherung gegenüber so unversöhnlich zeigen?

Er blickt ihnen in die Augen. Als erwartete er von dort eine Antwort. Sie rutschen unsicher auf der Bank hin und her, sein Blick macht sie unruhig.

> NELS
> Unser gelehrter Anklagevertreter möchte, daß Sie Ihrer Pflicht als Amerikaner, als gute Amerikaner nachkommen. Selbstverständlich sollen Sie das. Und wenn Sie das wirklich tun, hat Kazuo Miyamoto nichts zu befürchten. Denn dieses großartige Land ist ja auf den Säulen bestimmter Prinzipien errichtet worden. Denen der Fairneß. Der Gleichheit. Der Gerechtigkeit. Und wenn Sie alle zu diesen Prinzipien stehen, werden Sie einen Menschen nur für das verurteilen, was er getan hat. Nicht dafür, wer er ist.

Er hält ihren Blick gefangen.

> NELS (weiter)
> Ich bin ein alter Mann. Ich kann nicht mehr so gut gehen, und mein eines Auge ist so gut wie unbrauchbar. Mein Leben neigt sich dem Ende zu. Warum erzähle ich Ihnen das

alles? Ich erzähle Ihnen das, weil es bedeutet, daß ich alle Dinge im Licht des Todes betrachte, auf eine Weise, die Ihnen noch nicht so vertraut sein dürfte. Ich komme mir vor wie ein Besucher vom Mars, der aus dem Staunen darüber, was sich hier abspielt, nicht herauskommt. Was ich sehe, ist die immergleiche menschliche Schwäche, die von Generation zu Generation weitergereicht wird. Wir hassen einander. Wir sind die Opfer irrationaler Ängste.

Er stellt sich wieder aufrecht hin. Zuckt bei dem Schmerz in der Wirbelsäule ein wenig zusammen.

NELS
Sie glauben vielleicht, daß es sich hier um einen kleinen Prozeß an einem unbedeutenden Ort handelt. Das stimmt nicht. Von Zeit zu Zeit wird irgendwo auf der Welt über die Menschlichkeit zu Gericht gesessen. Und über die Rechtschaffenheit. Und die Anständigkeit. Von Zeit zu Zeit werden ganz einfache Leute dazu aufgerufen, der menschlichen Rasse ein Zeugnis auszustellen.

Seine Augen tränen. Doch die Stimme gewinnt sogar noch an Kraft.

NELS
Im Namen der Menschheit. Tun Sie Ihre Pflicht als Geschworene. Geben Sie diesen Mann seiner Frau und seinen Kindern zurück. Sprechen Sie ihn frei. Denn nichts anderes bleibt Ihnen zu tun.

EINSTELLUNG ENDET AUF Ishmael. Wie sich die Worte ihm einbrennen.

INNEN: GERICHTSSAAL – SPÄTER

NAH auf ZUSCHNAPPENDE Handschellen. Abel will Kazuo wegbringen, doch der dreht sich um und streckt die gefesselten Hände nach Hatsue aus.

Hatsues Schwestern gehen ein Stück beiseite, um Hatsue einen privaten Augenblick mit Kazuo zu gewähren.

Sie drücken sich über das Geländer hinweg die Hände. Gefühle, die nicht mit Worten zu beschreiben sind.

Nels packt seine Sachen zusammen. Vermeidet es geflissentlich, die beiden zu stören.

Abel legt eine Hand auf Kazuos Schulter, zerstört damit den innigen Augenblick. Er bringt Kazuo weg.

WIR BLEIBEN AUF Hatsue. Sie setzt sich. Jetzt ist sie allein im Zuschauerraum. Nels macht sich auf den Weg. Sein Blick wandert nach oben zur Empore, wo er Ishmael sieht, der Hatsue anschaut. Nels bemerkt die Kraft der emotionalen Verbindung zwischen den beiden. Ohne stehenzubleiben verläßt er den Gerichtssaal.

Ishmael blickt auf die einsame Gestalt Hatsues im leeren Saal hinab.

Sie spürt, daß sie beobachtet wird, dreht sich plötzlich um und ertappt ihn.

Er steht auf und geht davon.

AUSSEN: ZEDERNHAIN – NACHMITTAG

Die vertraute Landschaft des Zedernwalds ist jetzt schneebedeckt.

Ishmael taucht auf, unbeirrt durch den Schnee stapfend. Er bleibt stehen. Sieht sich um. Alles kommt ihm so verändert vor. Dann geht er in eine andere Richtung weiter.

SCHNITT AUF:

INNEN: HOHLE ZEDER – NACHMITTAG

Durch den Schnee wird ein Loch gestoßen.

Ishmael schiebt sich durch den so geschaffenen Eingang herein und setzt sich drinnen mit einiger Mühe im Schneidersitz hin.

Sein Rücken ist dem Eingang zugewandt. Aufmerksam mustert er das Holz des hohlen Zedernstamms vor sich.

Sein Blick wandert langsam über die vermooste Oberfläche, bis seine Augen plötzlich bei einer bestimmten Ritze aufleuchten. Er streckt die Hand aus und zieht...

...EINE HAARNADEL heraus. Hatsues Haarnadel, die in all den Jahren verrostet ist.

SCHNITT AUF:

AUSSEN: SCHNEEWEHE – TAG

Eine Schneewehe aus Pulverschnee. Ein Junge läßt sich mit dem Rücken hineinfallen. Es ist Ishmael als Jugendlicher. Eine zweite Gestalt landet neben ihm. Es ist Hatsue. Sie bewegen lachend die Arme und Beine hin und her. Sie machen Schneeengel.

INNEN: HOHLE ZEDER – NACHMITTAG

Mit plötzlicher Entschlossenheit schiebt Ishmael die Haarnadel wieder in ihr Versteck zurück. Er läßt los.

AUSSEN/INNEN: HAUS DER IMADAS – NACHT

Ishmael sitzt in seinem Auto. Sieht auf das Haus der Imadas, sammelt sich. Er zieht den Bericht der Küstenwache aus seinem Taschenbuch.

Er stapft durch den Schnee auf die Haustür zu und klopft an. Die Tür öffnet sich einen Spalt. Es ist Sumiko. Sie blickt Ishmael an. Und macht die Tür rasch wieder zu.

Ishmael zögert verunsichert. Von drinnen gedämpfte Stimmen.

Die Tür geht wieder auf. Diesmal ist es Hisao.

Ishmael faltet das Blatt in seiner Hand auseinander. Reicht es Hisao mit einigen erklärenden Worten. Hisao wirft einen verdutzten Blick darauf. Dann tritt er zur Seite und bittet Ishmael hinein. Ishmael geht ins Haus, und die Tür schließt sich hinter ihm.

Durch die Fensterscheibe sehen wir, wie Hisao Ishmaels Anwesenheit erklärt. Alle sitzen am Eßtisch. Keine Spur von Hatsue.

Dann erscheint Hatsue auf der Treppe. Sie hat ein Nachthemd und den alten Morgenmantel ihres Vaters an. Ishmael erhebt sich. Verlegen sehen sie einander an. Fujiko fordert sie auf, sich hinzusetzen.

INNEN: HAUS DER IMADAS – NACHT

SPÄTER... Dampfende Tassen mit grünem Tee überspielen die unterschwelligen Stimmungen, die um den Tisch wogen. Ishmael sitzt Hatsue gegenüber. Vier weitere Augenpaare beobachten die beiden.

ISHMAEL
Der Bericht belegt, daß der Frachter um 1 Uhr 42 in die Ship Channel Bank einfuhr. Carl Heines Uhr blieb fünf Minuten später stehen. Um 1 Uhr 47, als das Meerwasser in sie eindrang.

HATSUE
Erinnerst du dich an die Kaffeetasse, die der Sheriff erwähnt hat? Sie lag einfach auf dem Boden. Das heißt doch, daß irgend etwas das Boot heftig geschaukelt haben muß.

FUJIKO
Verschütteter Kaffee erklärt nicht besonders viel.

Hisao nickt zustimmend.

HISAO
Es braucht mehr als eine Tasse Kaffee, um Kazuo zu retten.

HATSUE
Aber es ist wenigstens *etwas.*

ISHMAEL
Es gibt noch etwas. Kazuo hat in seiner Aussage von einer Laterne gesprochen, die an Carls Mast angebunden war.

HATSUE
Er sagte mir, daß sie das einzige war, was er in dem Nebel sehen konnte.

ISHMAEL
Jedenfalls ist in dem Bericht des Sheriffs nichts davon vermerkt. Dabei würde doch genau diese zweite Laterne darauf hindeuten, daß Carls Batterie leer war, nicht Kazuos.

INNEN: SOMMENSENS LAGERHAUS – NACHT

Es ist dunkel. Wasser plätschert gegen Holz. Das KLIRREN eines Schlüssels, ein Schloß springt auf. Das KRATZEN eines großen VORHÄNGESCHLOSSES, das zur Seite geschoben wird. Eine Tür öffnet sich QUIETSCHEND. Dem Geräusch nach eine recht große.

Graues Licht fällt herein.

Drei SILHOUETTEN zeichnen sich im offenen Schuppentor vor dem Nachthimmel ab.

Ein leises KLICKEN und das LICHT geht an. Es sind lediglich ein paar nackte Glühbirnen, an einem Kabel um die Dachbalken des alten, hohen, modrigen Gebäudes mit seinen teergetränkten Brettern geschlungen.

Zwei BOOTE sind an weit ausladenden Piers vertäut. Wir kennen sie bereits.

Moran zeigt zur Quersaling hoch oben am Mast des ersten Bootes hinauf.

MORAN
Ich seh' keine Laterne.

ABEL
(höflich)
Art? Das hier ist Miyamotos Boot.

Oh. Moran läßt seinen Blick am zweiten Boot hinaufwandern.

MORAN
Hier ist auch keine Laterne.

Leuchtet mit seiner Taschenlampe. Am Mast hinauf.

ISHMAEL
Was ist das dort oben?

Sie blinzeln alle hinauf. Auf der Höhe der Quersaling treffen sich die Strahlen ihrer Taschenlampen.

MORAN
Nichts. Ein paar Schnüre. Hör mal, Ishmael, wir haben diese Boote schon ausgiebig…

ISHMAEL
Ein paar Stücke Schnur sind nichts?

Er geht zum Fuß des Mastes. Steckt die Taschenlampe in die Tasche. Packt mit seiner Hand die Leiter.

ISHMAEL
Abel? Tun Sie mir bitte einen Gefallen. Klettern Sie da rauf und sehen Sie es sich genauer an.

Abel klettert los. Art ruft ihm hinterher.

MORAN
Faß dort bloß nichts an, Abel. Das ist immer noch ein Tatort, nicht vergessen. Am Tatort faßt man auf keinen Fall was
an.

Er richtet den Strahl seiner Taschenlampe auf den Mast.

MORAN
(zu Ishmael)
Ich weiß nicht, wie du es geschafft hast, mich dazu zu über-
reden.

Abel hat die Quersaling erreicht. Oben, im Licht, wird es deutlich.

ABEL
Das sind Laschungen, Art. Alles 8er Laschungen. Und alle
durchgeschnitten.

Er beugt sich mit seiner Taschenlampe weiter vor.

ABEL
Und weißt du was? Das Zeug hier am Mast... das könnte
auch Blut sein.

ISHMAEL
Von seiner Hand. Von der Schnittwunde in der Handfläche.

Art klettert die andere Leiter hinauf. Oben sehen sie sich die Blut-
spuren gemeinsam an. Als sie nach unten schauen, ist Ishmael
zum Schandeckel gegangen. Untersucht ihn aufmerksam.

MORAN
Was zum Teufel ist denn *jetzt* schon wieder?

Ishmael schaut nach oben.

ISHMAEL
Das solltest du dir besser selbst ansehen.

Er zeigt auf eine Stelle am Schandeckel. Moran und Abel inspizieren sie genau. Dann zieht Moran mit den Fingerspitzen von einem Holzsplitter ein menschliches Haar.

INNEN: GESCHWORENENZIMMER – ABEND

Der Gerichtsdiener schiebt eine Schwingtür mit dem Rücken auf. Er trägt ein Tablett mit Teekanne und Tassen. Durch die Lücke erhaschen wir einen Blick auf die um einen Walnußtisch herum sitzenden Geschworenen. Fetzen lauter Stimmen…

    VAN NESS
    Ich behaupte nicht, daß Sie unrecht haben. Ich sage nur, daß ich meine Zweifel habe. Warum so eilig?

Die Tür klappt wieder zu, die Worte werden gedämpft.

    JENSEN
    Wir hocken hier schon seit drei Stunden. Wollen Sie damit sagen, daß es auch noch langsamer geht?

Wieder geht die Tür auf, und der Gerichtsdiener erscheint ohne das Tablett. Wieder ein kurzer Blick hinein. Und eine Stimme.

    PORTER
    Sie wissen doch, was wirklich passiert ist, so wie wir anderen auch. Großer Gott, Carl ist tot, darum geht es doch.

    JENSEN
    Alex, es ist doch *unvernünftig,* so stur zu sein und zu glauben, daß Sie schlauer sind als wir alle zusammen!

Die Tür KLAPPT wieder zu.

INNEN: RICHTER FIELDINGS ZIMMER – NACHT

    RICHTER
    (zu Ishmael)
    Nach dem Gesetz darf ich zu diesem Zeitpunkt neue Beweismittel nur zulassen, wenn damit den Interessen der

Rechtsfindung entscheidend gedient ist. Nur, wenn diese Beweismittel der Verhandlung eine *ganz* neue Richtung geben. Hat Ihnen Nels das nicht erklärt?

Jetzt sehen wir Nels, der neben einem makellos gekleideten Hooks sitzt. Der Anklagevertreter wirkt lässig, aber lauernd.

ISHMAEL
Doch, hat er.

RICHTER
Dann erzählen Sie mir, was an dieser Laterne so bedeutend ist.

Der junge Mann holt tief Atem ...

ISHMAEL
Also ... es war Carls Boot, das ohne Antrieb im Wasser trieb. Sonst hätte er diese Laterne niemals aufgehängt.

Der Richter denkt darüber nach.

RICHTER
Sie sind also der Meinung, daß es zwei Laternen gab, als der Angeklagte auftauchte. Eine hielt Carl in der Hand. Die andere war am Mast festgebunden.

ISHMAEL
Genau das hat Miyamoto ausgesagt, und warum hätte er da lügen sollen? Er hätte nicht wissen können, daß es seiner Sache irgendwie hilfreich sein könnte.

RICHTER
Inwiefern denn?

ISHMAEL
Weil die zweite Laterne, die am Mast, nie gefunden wurde. Wir müssen uns also fragen ...

Ein leichtes Achselzucken. Die Sache liegt auf der Hand.

ISHMAEL
…wo sie geblieben ist.

Und dann…

ISHMAEL
Vielleicht ist sie dort verschwunden… wo auch Carl ver-
schwand. Über Bord.

HOOKS
(leise)
Euer Ehren, das ist blanke Spekulation.

Der Richter blickt auf. Zuerst zu Nels. Der erwidert seinen Blick.
Und schüttelt, ganz sachte, belustigt den Kopf.

RICHTER
Ich bitte Sie, Alvin. Verschonen Sie mich damit.

HOOKS
Bei allem nötigen Respekt…

RICHTER
Machen Sie mal einen Punkt! Wir hören uns diese Theorie
erst einmal an. Und wenn es die Gerechtigkeit verlangt,
dann lassen wir sie auch die Geschworenen hören.

Einige Sekunden vergehen. Sein Blick bleibt hart.

RICHTER
Um sicher zu gehen. Es könnte sich ja um die Wahrheit han-
deln.

Schweigen. Immer noch dieser Blick.

RICHTER
An der auch Sie, wie ich als gewählter Vertreter dieses Ver-
waltungsbezirks weiß, ebenso interessiert sind wie wir anderen. Oder etwa nicht?

HOOKS
(spröde)
Aber selbstverständlich, Sir.

Dreht sich jetzt wieder zu Ishmael.

RICHTER
Nun also zu dieser zweiten Laterne ...

ISHMAEL
Nachdem Miyamoto weg war und Carls Maschine wieder
lief, muß ihm die Laterne wieder eingefallen sein. Also klettert er hoch, um sie abzuschneiden ...

AUSSEN: DIE *SUSAN MARIE*, SHIP CHANNEL BANK –
NACHT

Carl auf der Leiter. Er greift nach seinem Messer, die Füße ba-
lancieren bedenklich auf den Sprossen, seine Arme sind auf die
Saling gestützt.

Carls Messer zerschneidet die Leinen ... Wir HÖREN den Frachter, das Boot fängt an zu SCHAUKELN.

Auf einmal taucht der gewaltige Bug des FRACHTERS er-
schreckend nahe aus der Nebelwand auf.

Die BUGWELLE DES FRACHTERS ERFASST DAS BOOT.
Carl wird von der Leiter geschleudert. Fällt rückwärts herab. Die
LATERNE fällt. Das MESSER fällt.

Das Boot schaukelt immer noch heftig, während sich hinter dem
Heck des entschwindenden Frachters der Nebelvorhang wieder
schließt.

SCHNITT AUF:

UNTER WASSER...

Carls UHR treibt durchs Bild. Es ist 1 Uhr 47.

Carls Körper treibt ins Netz. Die letzten Luftblasen entweichen seinem Mund...

INNEN: KABINE DER *SUSAN MARIE*, SHIP CHANNEL BANK – NACHT

...in der Kabine. Alles ist still, nur...

...die Kaffeetasse rollt über den Boden.

INNEN: RICHTER FIELDINGS ZIMMER – NACHT

RICHTER
Und die Kopfwunde?

NELS
Ein langer, schmaler, stumpfer Gegenstand.

ISHMAEL
Wir haben eine kleine Bruchstelle im Holz des Schandeckels gefunden. Direkt unterhalb des Mastes.

HOOKS
Das kann von allem möglichen herrühren.

ISHMAEL
Von allem möglichen, das Menschenhaar hat.

Er überreicht dem Richter eine Zellophantüte mit der Strähne aus Carls Haar. Der Richter hält sie gegen das Licht.

HOOKS
Ich muß Ihre Zeitung wohl öfter mal lesen. Sie sind ein toller Märchenerzähler.

ISHMAEL
Und das will – aus Ihrem Munde – schon etwas heißen.

HOOKS
Das ist kein hinreichend begründeter Sachverhalt. Nichts davon läßt sich tatsächlich beweisen.

NELS
Zum Glück ist es nicht seine Aufgabe, irgend etwas zu beweisen…

ISHMAEL
Jenseits aller begründeter Zweifel.

Von Moran ist ein verächtliches Schnauben zu hören, wie ein nervöses, unterdrücktes Lachen. Hooks dreht sich zu ihm um.

HOOKS
Finden Sie das komisch?

MORAN
Nein, eigentlich nicht, aber… Nein. Überhaupt nicht.

ISHMAEL
(zu Hooks)
An diesem Fall ist überhaupt nichts komisch.

HOOKS
(zu Nels)
Sie lassen uns alle um elf Uhr in der Nacht hierherkommen, um uns eine absurde Geschichte aufzutischen…

ISHMAEL
Ist denn jeder, der nicht mit Ihnen übereinstimmt, gleich ein Lügner?

HOOKS
Man muß sich nur anschauen, in welcher Gesellschaft Sie sich bewegen…

Ishmaels Zorn ist greifbar. Nels legt ihm eine Hand auf den Arm.

ISHMAEL
Wir alle wollen immer jemanden haben, dem wir die Schuld in die Schuhe schieben können, was? Selbst wenn überhaupt niemand da ist.

RICHTER
Das alles verdient jedenfalls einen neuen Blick auf den Fall. Ich möchte darüber nachdenken.

INNEN: NELS' WOHNZIMMER – NACHT

Ishmael sitzt in einem Clubsessel. Aus der Küche hinter ihm ertönt ein heiseres HUSTEN.

Nels taucht auf, mit einem Wasserkessel in der Hand. Seine Haare stehen ihm büschelig vom Kopf ab. Er wirft Ishmael einen Blick zu und verschwindet wieder.

NELS (OFF)
Dieser Eintrag der Küstenwache. Wann bist du auf den gestoßen?

Keine Antwort. Nels kommt ohne den Wasserkessel zurück.

NELS
Bist du heute zum Leuchtturm rausgefahren?

ISHMAEL
(beinahe geflüstert)
Vorgestern.

Einige Sekunden verstreichen.

ISHMAEL
Sie fragen sich, warum ich ihn zurückgehalten habe.

NELS
Vielleicht kann ich es mir auch denken.

Ishmael sieht ihn an.

NELS
Könnte es etwas mit der Art und Weise zu tun haben, mit der du sie immer ansiehst?

Wieder entsteht eine Pause.

ISHMAEL
Hooks hat sie eine Lügnerin genannt. Ich wußte, daß das nicht stimmt.

NELS
Es muß schon etwas besonderes eintreten. Eine Art Wendepunkt. Wenn man sich von einer Obsession befreien will. Sei es nun von Voreingenommenheit. Oder von Haß. Oder sogar von der Liebe.

ISHMAEL
Ich mußte es tun. Mir blieb keine andere Wahl.

NELS
Jetzt hörst du dich ein kleines bißchen wie dein Vater an. Habe ich dir jemals gesagt, wie sehr ich ihn mochte?

Ishmael überlegt.

ISHMAEL
Ich denke die ganze Zeit an den armen Carl. Es kommt mir so unfair vor. Ein Unfall. Einfach so.

NELS
Die Dinge stoßen uns, wie mir scheint, eben einfach so zu. Ein Frachter im Nebel. Oder ein Krieg.

Und aus einem stillen Winkel seines Herzens ... als der Kessel anfängt zu pfeifen ...

NELS
Der Zufall beherrscht jeden Winkel des Universums. Nur nicht die Kammern des menschlichen Herzens.

Nels geht in die Küche und stellt das Gas aus.

WIR BLEIBEN AUF Ishmael, während das Pfeifen des Kessels erstirbt. Nels streckt den Kopf zur Tür herein.

NELS
Tee?

INNEN: GERICHTSSAAL – TAG

Das Gerichtsgebäude ist überfüllt. Alle erheben sich, als Richter Fielding eintritt. Er setzt sich. Jeder, der einen Sitz ergattert hat, setzt sich ebenfalls. Selbst auf der Presseempore ist es still. Dort gibt es nur noch Stehplätze.

Richter Fielding blättert durch seine Papiere. Niemand hustet, niemand blinzelt. Er sieht zu den Geschworenen hinüber, mustert sie erwartungsvoll.

RICHTER
Verehrte Geschworene, das Gericht dankt Ihnen für die Sorgfalt, mit der Sie diese Aufgabe unter schwierigen Umständen gemeistert haben. Angesichts einer völlig neuen Beweislage sind Sie jedoch ab sofort von Ihrer Verantwortung entbunden.

Auf der Tribüne im Erdgeschoß reagiert das Publikum auf die Neuigkeit mit lautem Gemurmel.

Nels packt Kazuo am Arm. Hatsue hält den Atem an, wagt kaum zu hoffen.

Der Richter dreht sich um, wendet sich jetzt dem Saal zu. Als…

…sich Hisao langsam auf der Tribüne erhebt, mit würdevoller Bescheidenheit. Den Hut vor sich in der Hand, dreht er sich um und verneigt sich in Richtung Ishmaels Ecke oben auf der Empore. Eine gewisse Erregung durchzuckt die Menge.

Fujiko zieht ihn am Ärmel. Sie ist von dem untypischen Auftritt peinlich berührt. Aber Hisao läßt sich nicht beirren. Also schließt sich ihm Fujiko an. Und ihre Töchter. Auch Hatsue dreht sich um und erhebt sich langsam.

Auf der nicht-japanischen Seite der Tribüne wird das Geraune lauter. Die Leute recken die Hälse, um zu sehen, was da vor sich geht.

Die Hand von Richter Fielding greift nach dem Hammer. Aber er rührt ihn nicht an.

Auf der Empore beugt sich Ishmael mit den anderen Journalisten nach vorne, um zu sehen, was da unten los ist. Was er dort sieht, verwundert ihn sehr. Die anderen Journalisten sehen ihn fragend an. Was, zum Teufel, hat das alles zu bedeuten?

Ein Japaner nach dem anderen erhebt sich von seinem Sitz und schaut schweigend nach oben, bis fast alle stehen.

Nels dreht sich um und folgt ihren Blicken hinauf zu Ishmael. Ihre Blicke treffen sich kurz.

Hooks und Moran fühlen sich von dem Zwischenfall unangenehm berührt und schauen zum Richter.

Jetzt fällt der Hammer nieder.

RICHTER
Ruhe bitte. Nehmen Sie bitte wieder Ihre Plätze ein.

Alle setzen sich hin, auch wenn noch gemurmelt wird.

RICHTER
Beruhigen Sie sich. Beruhigen Sie sich bitte. Wir wollen doch nicht vergessen, daß wir hier über den Tod eines Mannes zu befinden haben...

170

Ein kurzer Blick auf Susan Marie und Etta.

> RICHTER
> …und über das weitere Schicksal eines anderen.
> (wendet sich an Kazuo)
> Der Angeklagte möge sich erheben.

Kazuo und Nels stehen beide auf. Nebeneinander.

> RICHTER
> Kazuo Miyamoto. Im Interesse von Recht und Gerechtigkeit
> wird die Anklage gegen Sie hiermit fallengelassen. Sie kön-
> nen als freier Mann nach Hause gehen. Gott schütze Sie.

Er pocht noch einmal mit dem Hammer.

In den Reihen der Zuschauer brandet APPLAUS auf. Die Bürger
japanischer Herkunft vergessen einen Moment lang ihre Sitten
und ihre Etikette.

Einige der anderen Bürger fallen in den Applaus ein. Andere
sehen eher verdutzt aus, wissen nicht, wie sie sich verhalten sollen.

Der Angeklagte VERLÄSST seinen Platz, packt seinen Verteidiger mit einem kräftigen Griff voller Dankbarkeit an der Schulter,
und ist schon weiter…

…am Geländer, hält HATSUE in den Armen, eine heftige Umarmung, sowohl von ihr als von ihm, und alle drängen sich um das
Paar.

Sie wirft einen Blick nach oben und sieht Ishmael in die Augen.

INNEN: FLUR IM GERICHTSGEBÄUDE – SPÄTER

Umgeben von Familienmitgliedern und Gratulanten verlassen die
Miyamotos den Gerichtssaal.

Ein chaotisches Durcheinander aus Bürgern und Reportern.

Ishmael beobachtet alles von der Treppe zur Empore aus. Unter ihm Jubel, Umarmungen, Küsse, Tränen.

Hatsue und Kazuo werden nacheinander von Familien- und Gemeindemitgliedern umarmt, sowohl von Japanern als auch von Nichtjapanern.

Reporter drängeln und schubsen sich durch das Gewühl. Jeder will seine Stellungnahmen und Kommentare einfangen.

Ishmael sieht, wie sich Hatsues Schwestern lärmend auf Kazuo stürzen. Und jetzt findet sich auch Nels in einer dankbaren Umarmung von Hatsue wieder.

AUSSEN: GERICHTSGEBÄUDE – ABENDDÄMMERUNG

Es schneit immer noch. Hatsue kommt zögernd auf Ishmael zu. Als er sie bemerkt, bleibt sie einen oder zwei Schritte entfernt von ihm stehen. Zwischen ihnen vibriert eine starke körperliche Befangenheit.

Ihre Blicke treffen sich. Hatsue lächelt unsicher.

> HATSUE
> (leise)
> Darf ich dich *jetzt* umarmen?

Auch Ishmael lächelt. Ein verhaltenes Lächeln.

> ISHMAEL
> Aber nur fünf Sekunden.

Sie kommt näher und UMARMT ihn zärtlich, wobei sie das Gesicht an seiner Halsbeuge birgt. Er spürt ihre Nähe. Er riecht ihr Haar, während sie ihm ins Ohr flüstert …

> HATSUE
> Ich danke dir. Ich danke dir für dein gütiges Herz.

Ishmael legt den Arm um sie. Drückt sie fest an sich – fünf Sekunden lang. Vielleicht ein kleines bißchen länger. Schneeflocken lassen sich auf Kleidern und Haaren nieder.

Nels, der inmitten der Gruppe aus dem Gebäude tritt, sieht, wie sich die beiden voneinander lösen. Auch Kazuo wird Zeuge dieses kurzen Augenblicks, bevor Hatsue sich umdreht und wieder von der fröhlichen Menge verschluckt wird. Nels wechselt einen wissenden Blick mit Ishmael. Und geht an ihm vorbei.

SCHNITT AUF:

AUSSEN: GERICHTSGEBÄUDE – ABENDDÄMMERUNG

HALBTOTALE VON OBEN auf Ishmaels kleine Gestalt. Die anderen, die sich in alle Richtungen zerstreuen. Die alles einhüllende Schneedecke. Das Gerichtsgebäude.

NÄHER… Ishmael setzt sich in Bewegung, steckt sein Notizbuch in die Tasche. Es fällt ihm aus der Hand. Er beugt sich vornüber, um es aufzuheben. Etwas rutscht aus seiner Jacke…

…die BRILLE seines Vaters fällt in den Schnee.

Ishmael hebt sie auf. Betrachtet sie. Als nähme er zum ersten Mal richtig Notiz von ihr.

Vorsichtig wischt er den Schnee von den Gläsern. Verstaut sie wieder in seiner Brusttasche.

Geht davon.

ABSPANN

Im Gespräch mit Scott Hicks

Ich bin in Uganda zur Welt gekommen und in Kenia aufgewachsen, wo es kein Fernsehen und nur sehr wenig Kino gab. Damals ging man höchstens einmal im Jahr ins Kino, um sich vielleicht *Lawrence von Arabien* oder *Feuerball* anzusehen. Manchmal fuhren wir auch in ein Autokino, wo ich – daran erinnere ich mich noch genau – *The Red Balloon* gesehen habe. Später im Internat zeigten sie uns dann *Hatari* und Oliviers *Hamlet* als 16mm-Kopien, und das war's auch schon.

Als ich mit gerade mal siebzehn Jahren nach Australien kam und dort zur Oberschule ging, war ich, was Bilder anging, sozusagen ›unterbelichtet‹. Ich nahm mir die Fotokamera meines Vaters und fing an, Aufnahmen von meinen Freunden zu machen. Eher zufällig geriet ich in eine Abteilung des Fachbereichs Theater, der sich ›Filmemachen‹ nannte. Es war nur ein sehr kleiner Bestandteil des Fachbereichs, doch schon bald bestimmte er mein Leben. Alle meine Abschlüsse machte ich in Film und dachte auch sofort daran, mich in dieser Richtung weiterzubilden. Ich fing an, Filmreihen und Festivals zu besuchen, schaute mir die Werke von Bergman, Antonioni und Fellini an. Meinen Eltern war das gar nicht so recht.

Ich drehte Studentenfilme, die ich auch schrieb und produzierte. Als ich mein Universitätsstudium abschloß, war die Zeit zum Filmemachen gerade äußerst günstig. Die Regierung von South Australia hatte beschlossen, eine Filmbehörde ins Leben zu rufen. Das war in den frühen Siebzigern, und die South Australian Film Corporation wurde eine Art Vorreiter der australischen Filmrenaissance. Bereits erfolgreiche Regisseure wie Peter Weir und Bruce Beresford kamen nach Adelaide, um dort ihre

Filme zu drehen, weil das Bundesland einen Teil der Finanzierung beisteuerte. Ich kam also frisch von der Universität, war begierig darauf, beim Film zu arbeiten und bekam einen Job als Laufbursche bei *Storm Boy-Kinder des Sturms,* einem Kinderfilm, der unten an der Küste von South Australia gedreht wurde. Ich war ganz unten in der Hackordnung, aber für mich war es immerhin ein Fuß in der Tür und eine hervorragende Gelegenheit mitzubekommen, wie professionelle Filme gemacht wurden. Den Großteil der folgenden zehn Jahre machte ich alle möglichen Jobs bei Dreharbeiten, meine Lehrjahre, in denen ich mitbekam, wie unterschiedlich verschiedene Regisseure arbeiteten.

Gleichzeitig fing ich an, selber Filme zu drehen, in der Hauptsache Dokumentationen und Kurzspielfilme. In den Achtzigern drehte ich eine Reihe von Low-low-Budget-Filmen und einige Fernsehspiele, außerdem ein paar Werbespots und Rockvideos.

Shine war eine Geschichte, die mich zehn Jahre lang beschäftigte. Aber ich konnte sie nicht machen: Niemand interessierte sich dafür, ich konnte aber trotzdem nicht davon lassen. Inzwischen drehte ich kostspielige Dokumentarfilme für den Discovery Channel. Damit hatte ich sehr viel Erfolg, als sich plötzlich die Gelegenheit ergab, *Shine* doch noch zu verwirklichen. Das war der Durchbruch, der Punkt, an dem einem die Leute sagten: »Na schön, wir glauben an dich.«

WIE KAM ES ZU *SCHNEE, DER AUF ZEDERN FÄLLT*

Ende 1995 wurde ich zum ersten Mal auf den Roman aufmerksam, als ich gerade einen Dokumentarfilm in Amerika drehte. Ich las das Buch auf dem langen Rückflug nach Australien und war von dem kumulativen Effekt seiner detailreichen Vielschichtigkeit sofort bezaubert, eine Wirkung, wie sie der Schneesturm im Roman selbst hervorruft. Ich wußte sofort, daß ich hier eine Geschichte vor mir hatte, die ich gerne verfilmen würde. Kerry Heysen, meine Frau, die eng mit mir zusammenarbeitet, er-

kundigte sich nach den Rechten und stellte fest, daß das Buch von Universal gekauft worden war. Da ein Auftrag in dieser Größenordnung zu jenem Zeitpunkt meiner Karriere für mich unerreichbar schien, schlug ich mir die ganze Sache aus dem Kopf. Nachdem *Shine* jedoch soviel Anerkennung fand, fragte man mich, an welchem Stoff ich als nächstes interessiert sei, und der erste, der mir spontan einfiel, war *Schnee, der auf Zedern fällt*. Nachdem im Anschluß an Shine ungefähr 130 Drehbücher auf meinem Schreibtisch landeten, traf eines schönen Tages Ron Bass' Drehbuch zu Schnee ein, und ich wußte, daß ich genau das als nächstes machen wollte.

Wie *Shine* ist auch *Schnee* eine von den handelnden Figuren vorangetriebene, in geschichtlichen Ereignissen wurzelnde und sehr kraftvolle Geschichte über menschliche Gefühle. Also genau die Art von Geschichte, die mich anspricht. Da mein Werdegang sehr von Dokumentarfilmen bestimmt ist, neige ich zu Geschichten, die in der Wirklichkeit verhaftet sind. Außerdem hat diese Geschichte, genau wie *Shine,* viele verschiedene Ebenen. Sie besteht aus einer Folge von Rätseln: es geht um einen Todesfall, einen Mordprozeß, einen Krieg, und vor allem um eine Liebesgeschichte – und zwar um eine unerwiderte Liebe, ein Thema, das wahrscheinlich die stärksten Liebesgeschichten überhaupt abgibt.

Das Drehbuch muß mit einem komplizierten Geflecht aus vier Hauptsträngen umgehen: zum einen haben wir die Verhandlung, dann Carls Tod auf See, die Liebesgeschichte zwischen Ishmael und Hatsue und die Internierung der Japaner. Die Klammer bildet der Mordprozeß gegen einen amerikanischen Fischer japanischer Herkunft. Im Laufe der Verhandlung erfahren wir, daß Ishmael, der für seine Zeitung über den Prozeß berichtet, als Halbwüchsiger Hatsues Liebster gewesen ist, der Frau des jetzigen Angeklagten. Wir erfahren von ihrer Jugendliebe und von ihrer Trennung, wie er in den Krieg zog, und wie sie in ein sogenanntes Umsiedlungslager für japanischstämmige Amerikaner, also ein Internierungslager geschafft wird. Ishmael stößt auf Informationen, die der Entlastung des Angeklagten dienen könnten und befindet sich in einem moralischen Dilemma. Wie wird er mit dieser Information umgehen? Soll er der Frau helfen, die ihn damals zurückgewiesen hat? Die Geschichte wirbelt durch die verschiedenen Zeitebenen ihres Lebens, bis sie zu der Auflösung gelangt, als Ishmael sich dazu entschließt, sein Leben zu leben,

auch wenn er zunächst über seine Kriegserlebnisse und seine Jugendliebe hinwegkommen muß.

Unter den Themen, die im Film angesprochen werden, ist am offensichtlichsten das der Voreingenommenheit, der Vorurteile anderen gegenüber. Doch auch andere, subtilere Themen klingen an: Werte wie Anständigkeit und Ehre, das Wesen von Schuld und Unschuld, die Beziehung zwischen Söhnen und dem Erbe ihrer Väter, der schmerzhafte Prozeß, mit verletzten Gefühlen umzugehen, und die Erlösung, wenn man mit der Vergangenheit ins Reine kommt, sowohl was den einzelnen als auch eine ganze Gemeinschaft angeht.

Der Film spielt vor dem Hintergrund von Ereignissen in der amerikanischen Vergangenheit, die in den Schulen nicht sehr ausführlich besprochen oder behandelt werden. Sehr viele Leute wissen nicht, wie im Zweiten Weltkrieg die Japano-Amerikaner behandelt wurden. Ein dicht gewobenes Drama also, das durch die Figuren und ihre Beziehungen untereinander vorangetrieben wird, und genau das sind die Bestandteile eines Films, die mir am

meisten Spaß machen. Obwohl die Vielschichtigkeit der Geschichte eine Adaption nicht gerade leicht machte, hatte ich den Eindruck, daß wir, wenn es uns gelänge, die Stimmung des Romans einzufangen, einen interessanten Film machen könnten.

ÜBER DIE VERFILMUNG EINES BESTSELLERS

Es ist wunderbar, an einer Geschichte zu arbeiten, die viele Leute derart begeistert hat. Die Herausforderung besteht darin, dieser Geschichte gerecht zu werden und zu entscheiden, ob man eher frei damit umgeht oder so dicht wie möglich am Roman bleibt. Je mehr ich mit verschiedenen Leuten über das Buch sprach, desto deutlicher wurde mir, wie sehr sie es für sich vereinnahmt hatten. Das ließ mich sehr sorgfältig über einige Aspekte des Drehbuchs nachdenken, und darüber, wie sich eine befriedigende filmische Lösung finden ließe – eine Lösung, die genaugenommen so im Buch nicht zu finden ist. Der Roman endet abrupt. Die Verhandlung wird abgebrochen, es gibt keine eigentliche Katharsis oder emotionale Auflösung in der Art, wie sie das Kino verlangt.

Während der gesamten Vorbereitungszeit für den Film war das Buch eine unerschöpfliche Quelle, und auch David Guterson war bereit, sich daran zu beteiligen. Obwohl ihm das Buch so wichtig und zu einem kostbaren Bestandteil seines Lebens geworden ist, bringt er sehr viel Verständnis dafür auf, daß das Kino den dramatischen Aspekt einer Geschichte stärker herausarbeiten muß. Ein Film kann nur einen bestimmten Teil eines Romans auswählen und dramatisch aufbereiten. Wie sollte man sonst sechshundert Seiten gehaltvoller Prosa in zwei Stunden Unterhaltung umwandeln? Genau dieses Problem hat Ron Bass von Anfang an sehr gut in den Griff bekommen.

Im Kino geht es weniger um den Intellekt als um große Gefühle. Meine Arbeit an der Entwicklung des Drehbuchs bestand hauptsächlich darin, den Film noch enger an den Kern des Buches zu schmieden. Außerdem versuchte ich eine emotionale Auflösung zu finden, die eher der Substanz des Buches als den Konventionen des Dramas entspricht.

Von links nach rechts: Scott Hicks und Max von Sydow (Nels Gudmundsson) in Jeannine Oppewalls Bühnenbild des Gerichtssaals; Rick Yune (Kazuo Miyamoto).

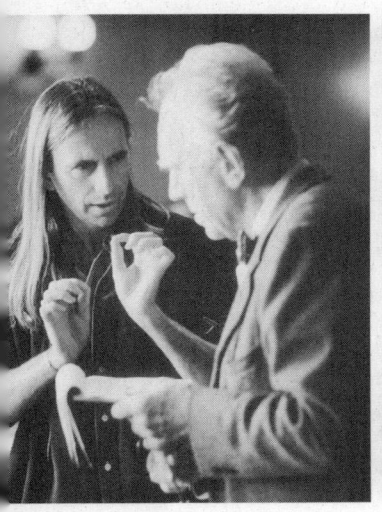 

*Von links nach rechts: Max von Sydow, James Rebhorn (Alvin Hooks)
und Richard Jenkins (Sheriff Art Moran) im Richterzimmer; nächste
Seite: James Cromwell (Richter Fielding).*

Ein neues Element, das ich am Ende hinzufügte, ist die Szene,
in der sich die japanischen Familien vor Ishmael verneigen, um
ihm dafür Anerkennung zu zollen, was er im Gerichtssaal getan
hat. Diese Szene erinnert ganz bewußt an *Wer die Nachtigall stört*
– wie schon der Roman selbst. Ich hatte den Eindruck, daß diese
neue Szene dazu beiträgt, Ishmael besser begreifen zu lassen, daß
er die richtigen Entscheidungen getroffen hat, und zwar aus ei-
genem Antrieb und auf Grund dessen, was er von seinem Vater
hinsichtlich moralischer Integrität gelernt hat.

Wenn man einen großen Hollywood-Film dreht, unterscheidet
sich das kolossal von der Arbeit an einem unabhängigen australischen Film. Allein das Ausmaß des ganzen Unternehmens kann
einen bange machen, doch letztendlich ist der Prozeß – jedenfalls
für mich – der gleiche. Rund um die Kamera hat man eine Gruppe
von Leuten, die völlig mit der künstlerischen Gestaltung der
Geschichte beschäftigt ist. Vor der Kamera bewegt sich eine
Gruppe von Darstellern, die uns diese Geschichte erzählen soll.
Wenn es einem gelingt, all die anderen Elemente auszuklam-
mern, diesen gigantischen Zirkus des logistischen Drumherums,

dann kann man sich wieder aufs Filmemachen konzentrieren. Ich beschloß, genau das zu tun, denn wenn ich angefangen hätte, über das gewaltige Ausmaß des Unterfangens nachzudenken, hätte das alles andere sofort in den Hintergrund geschoben.

Die beiden Produzenten Kathy Kennedy und Frank Marshall waren mir eine große Hilfe, indem sie so etwas wie einen Zauberkreis um mich zogen, innerhalb dessen ich meinen Film verwirklichen konnte. Ich nannte sie immer meinen »Bleischirm« gegen alle störenden Elemente.

ÜBER DIE BESETZUNG

Die Besetzung ist ein überaus wichtiger Bestandteil der gesamten Filmerei. Ich glaube, es war John Ford, der einmal sagte, Filmen besteht zu 70 Prozent aus der Besetzung der Rollen, wenn man das richtig macht, kann man sich zurücklehnen und den Rest genießen.

Als ich jung war, machte Ingmar Bergman den größten Eindruck auf meinen von Ängsten geplagten jugendlichen Verstand. Vor allem war es dieser unglaubliche Schauspieler, Max von Sydow, der mich fesselte. Als es darum ging, die Rolle des Nels zu besetzen und ich Max haben wollte, kam es mir vor, als ginge ich auf den Mann zu, der ein wichtiger Teil meiner Einführung in die Welt des Kinos gewesen war. Ich schrieb ihm einen Brief, in dem ich ihm meine Gefühle mitteilte, und seine Antwort fiel zum Glück sehr wohlwollend aus. Als Regisseur mit Max von Sydow zu arbeiten war der bislang letzte große Schritt einer ungewöhnlichen Reise, bei dem mir bewußt wurde, wie weit ich bereits gekommen war.

Abgesehen davon hatte ich das große Glück, ein ungewöhnlich packendes internationales Ensemble zusammenstellen zu können. Das Team deckt ein enormes Spektrum ab, angefangen bei Ethan Hawke, einem überaus engagierten Vertreter der neuen Generation amerikanischer Schauspieler, bis hin zu Max von Sydow.

Sam Shepard ist als Autor und Schauspieler eine lebende Legende, und auch James Cromwell, James Rebhorn und Richard Jenkins sind eindrucksvolle Meister ihres Faches. Ebenso überwältigend das ›japanische‹ Ensemble: Kerry machte mich durch einen australischen Film auf Youki Kudoh aufmerksam. Die Rolle der Hatsue war sehr schwer zu besetzen, doch Youki verfügt über ein einzigartiges Einfühlungsvermögen. Es ist mehr als bemerkenswert, wie exakt sie sich in die Gefühlswelt ihrer Figur versetzt. Rick Yune, der ihren Ehemann spielt, ist sogar ein Newcomer. Es war die reine Freude, mit einem derartig ausdrucksstarken Ensemble zu arbeiten, gerade auch was die Liebesgeschichte zwischen Ethan Hawke und Youki Kudohs Filmfiguren betrifft.

ÜBER DAS FÜHREN VON SCHAUSPIELERN

Meiner Meinung nach gibt es keine allgemeingültigen Regeln für die Arbeit mit Schauspielern. Jeder Schauspieler verlangt eine andere, ganz individuelle Beziehung. Wenn man es mit einem Ensemble wie diesem zu tun hat, bei dem einige Mitglieder über so gut wie keine Filmerfahrung verfügen, andere zu den Großmeistern der Schauspielkunst gehören, dann muß man seine Methode zwangsweise den jeweiligen Bedürfnissen anpassen. Wir haben nicht ausgiebig geprobt. Das tue ich allgemein nicht so gerne. Ich ziehe es vor, Aspekte der Filmfiguren mit jedem einzelnen Schauspieler individuell zu erforschen und die Entwicklung dieses Charakters dann am Drehort zuzulassen. Außerdem versuche ich, nach Möglichkeit die Interpretationen sehr früh einzufangen. Viele Schauspieler liefern ihre beste Leistung bei den ersten zwei oder drei Aufnahmen ab. Nimmt man danach immer weitere und weitere Versuche auf, gelingt es einem meistens nicht mehr, die emotionale Unmittelbarkeit einzufangen, die automatisch da ist, wenn sie sich zu Anfang auf ihre Figur einlassen. Für mich zumindest funktioniert das.

Schauspieler begeistern mich immer wieder. Die Bereitschaft,

Lagerbaracke in Manzanar: Scott Hicks und Youki Kudoh (Hatsue Miyamoto) am Drehort.

seine Gefühle derartig bloßzustellen setzt sehr viel Vertrauen in dich als Regisseur voraus – ein Vertrauen, das man sich verdienen muß. Das bekommt man nicht automatisch mit dem Bildsucher und dem Wohnwagen mit der Aufschrift ›Regisseur‹.

Die Stimmung rings um die Kamera ist für mich als Regisseur das Wichtigste. Ich sehe meine Aufgabe darin, ein Milieu zu schaffen, das Schauspielern ermöglicht, ihr Bestes zu geben und dir zu zeigen, weshalb du ihnen die Rolle gegeben hast. Manchmal ist es am besten, wenn man sich heraushält und sie das tun läßt, was sie am besten können. Andere Schauspieler hingegen brauchen intensivere oder sogar permanente Zuwendung. Deine wichtigste Aufgabe besteht darin, daß alle in deinem Ensemble, ungeachtet über welche Erfahrungen sie verfügen oder welche Methode sie bevorzugen, im selben Film spielen. Jeder bringt seinen eigenen Stil mit, und den mußt du fugenlos einpassen. Dabei muß man sich immer wieder ins Bewußtsein rufen, daß das, was sich vor der Kamera abspielt, das ist, was die Zuschauer später zu sehen bekommen. Die Zuschauer interessiert dann nicht, welche Probleme du hinter der Kamera bewältigen mußtest.

185

ÜBER DIE FILMARBEIT MIT KINDERN

Ich habe sehr lange darüber nachgedacht, wie ich diese wunderschöne, unschuldige Kinderfreundschaft, die sich in eine sexuelle Beziehung verwandelt, im Film umsetze. Diese Kinder stehen auf der Schwelle zum Erwachsenwerden, während die älteren Schauspieler, Ethan und Youki als Teenager, die Spannungen zwischen richtigen Halbwüchsigen und ihre jugendliche Liebe übernehmen. Ich bin oft entsetzt, wie solche Szenen in amerikanischen Filmen dargestellt werden. Im Buch wird die Stimmung des sexuellen Erwachens in der symbolischen Szene beschrieben, in der die Kinder eine Panopea-Muschel ausgraben; das funktioniert wunderbar als literarisches Bild, hätte im Film jedoch unfreiwillig komisch gewirkt, geschmacklos und zu offensichtlich. Ich meine: haben Sie schon mal eine Panopea gesehen?! Die Muschelszene im Buch war für mich eher ein ›Lesezeichen‹ als eine Szene, die ich eins zu eins umsetzen wollte. An ihrer Stelle wollte ich einen magischen Ort haben, an dem ich dieses gewisse Etwas zwischen den Kindern entwickeln konnte.

Die Kinder, die ich ausgesucht habe, Anne Suzuki und Reeve Carney, waren ein Glücksgriff. Sie gingen sehr freundlich und

Anne Suzuki (Hatsue als Kind), Reeve Carney (Ishmael als Kind) und Scott Hicks auf Whidbey Island, Washington.

Ethan Hawke und Youki Kudoh als verliebte Teenager.

rücksichtsvoll miteinander um. Reeve ist außerdem ein sehr talentierter Blues-Gitarrist. Anne stammt aus Tokio. Ich sah sie in einem japanischen Fernsehfilm, für den mein Besetzungschef David Rubin die Drehorte ausgesucht hatte. Obwohl der Film keine Untertitel hatte, war Annes Darbietung so klar, daß ich sofort wußte, daß ich meine Hatsue gefunden hatte, ganz abgesehen von ihrer Ähnlichkeit mit Youki. Reeve und Anne harmonisierten wunderbar und waren sehr empfänglich füreinander. Sie haben sich bei den Dreharbeiten tatsächlich angefreundet, und ich konnte beobachten, wie sich trotz der Sprachbarriere eine Beziehung entwickelte. Sie schauten sich jede Menge *Mr. Bean*-Videos zusammen an. Zumindest konnten sie über die gleichen Dinge lachen.

An dem Tag, an dem wir die Strandszene drehen wollten, fing es zu regnen an, und ich dachte, alles würde ganz furchtbar. Doch dann beschloß ich, die Gegebenheiten einfach zu unseren Gunsten zu wenden. Ich ließ die Kinder am Strand spielen und durch den Regen in diesen behelfsmäßigen Unterschlupf aus alten Brettern rennen, den ich erst am selben Tag, nachdem wir am Drehort angekommen waren, gefunden hatte. Offensichtlich hatten ihn sich irgendwelche Kinder gebaut. In diesem Unterschlupf konnte ich Ishmael und Hatsue so nahe zusammenbringen, daß ihr erster Kuß folgerichtig war.

Es handelt sich um eine wichtige Szene, und indem ich mich auf die Wetterverhältnisse einließ, war es mir möglich, die Handlung auf eine Weise zu entwickeln, die nicht einmal im Drehbuch stand. Zu diesem Zeitpunkt hatten die Kinder, zumindest glaube ich das, echtes Vertrauen zu mir entwickelt. Ich war nicht nur irgendwer, der dort draußen stand und sagte: »Also gut, jetzt geht ihr rein, und jetzt küßt du sie, noch einmal, und jetzt noch einmal.« Ich war mit ihnen im Baum und unterhielt mich leise mit ihnen, versuchte, ihnen vorsichtig Anweisungen zu geben, wobei ich spüren wollte, inwieweit sie sich aufeinander einlassen konnten, ohne daß es peinlich wurde.

Später, in der hohlen Zeder, war das tropfende Wasser sogar eine Offenbarung für mich. Plötzlich fiel mir ein, daß sie spielerisch versuchen sollten, die Wassertropfen mit dem Mund aufzufangen, was zu dem intimen Moment ihres ersten Kusses führen konnte. Es machte sich ausgesprochen gut. Auch das war nicht im Drehbuch vorgesehen, sondern ergab sich aus den Umständen.

Links: Youki Kudoh und Ethan Hawke. Rechts: Reeve Carney (Ishmael als Kind) und Anne Suzuki (Hatsue als Kind) am Strand in Washington.

ÜBER DIE LIEBESGESCHICHTE

Die erste Einstellung des Films war auch die erste, die wir aufgenommen haben; als nächstes kam das Ende des Films. Das ist der Alptraum eines jeden Regisseurs, und sehr schwer für die Schauspieler, denn sie haben noch keine richtige Beziehung zueinander entwickelt und wissen noch nicht genau, wie sie ihre Gefühle dosieren sollen. Ethan und Youki haben mit der letzten Szene, die sie mit viel Anmut und Feingefühl spielten, wirklich tolle Arbeit geleistet. Denn als ein paar Leute aus dem Studio die Tagesmuster sahen, riefen sie an und wollten wissen: »Liebt sie ihn? Hat sie sich in ihn verliebt?« Ich sagte, ich hoffe, daß sich die Kinozuschauer nach dem Film bei einer Tasse Kaffee noch lange darüber unterhalten würden. Nichts gegen ein bißchen Unklarheit. Aber sie wollten nur wissen, ob sie ihn liebte oder nicht. Also sagte ich: »Liebt Ingrid Bergman Humphrey Bogart am Schluß von *Casablanca*?« Sie dachten darüber nach und meinten: »Klar, natürlich liebt sie ihn.« Ich fragte: »Und warum steigt sie dann mit Paul Henreid ins Flugzeug?« Damit schien der Fall geklärt zu sein.

Mein Anliegen bestand darin, für den Zuschauer eine gewisse Vollständigkeit zu schaffen, die ihn daran glauben läßt, daß diese große Liebe immer bestehen wird, aber daß die beiden jetzt ihr Leben jeder für sich leben werden. Die erste Liebe, wie sie auch gewesen sein mag, läßt einen niemals ganz los. Jeder wird von gewissen Erinnerungen an das erste Erwachen der Liebe heimgesucht, und genau das ist zwischen diesen beiden Kindern geschehen, die damals, aufgrund von Umständen, die sie weder begreifen noch kontrollieren konnten, auseinandergerissen wurden. So etwas kann man nicht wieder kitten, aber es läßt einen auch nie ganz los.

ÜBER DIE RECHERCHE

Da ich vom Dokumentarfilm komme, widme ich der Recherche für meine Filme ungewöhnlich viel Zeit. Meine Assistentin, Jodi Zuckerman, fand sehr detaillierte Bilder von der Evakuierung, die ich als Vorlage für meine Szenen, die ich so stimmig wie möglich darstellen wollte, benutzte. Ich trug immer einige kleine Abzüge von besonders aussagekräftigen Fotos bei mir, die mir ständig die Stimmung ins Bewußtsein riefen, die ich in der jeweiligen Szene zu erzeugen beabsichtigte. Es gab einige besondere Aufnahmen, die sogar ziemlich berühmt sind. Damals hatte die Regierung Dorothea Lange und Ansel Adams damit beauftragt, die Evakuierung als geschichtliches Ereignis zu fotografieren.

Da gibt es ein Foto von einer Frau, die ihre kleine Tochter auf dem Arm trägt. Noch im Vorfeld der eigentlichen Filmarbeiten setzten sich Gruppen von japano-amerikanischen Überlebenden aus jener Zeit mit uns in Verbindung, darunter auch einige der Menschen, die tatsächlich auf den Fotos zu sehen sind. Als wir in Port Townsend drehten, kamen nicht wenige von ihnen aus allen Teilen der Vereinigten Staaten angereist, um in diesen Szenen als Statisten mitzuwirken. Wir haben sogar die beiden Frauen von dem Foto aus dem Jahr 1942 mit dabei, die Mutter ist inzwischen über 80, die Tochter über 50. Sie verleihen der Szene eine zusätzliche Dimension an Authentizität.

Während der Dreharbeiten unterhielt ich mich einmal mit Sam Shepard darüber, warum seine Figur als Zeuge dieser historischen Begebenheit dabeisein müßte. Ich zeigte ihm die Bilder in meinem Drehbuch und sagte: »Siehst du die Leute dort drüben, diese beiden Frauen? Es sind die gleichen wie hier auf dem Foto.«

Er erwiderte: »Ja, ich verstehe schon, warum du die Szene so ein-richtest, daß sie wie auf den Fotos aussieht.« Und ich sagte: »Nein, ich meine, daß es wirklich die beiden Frauen auf diesem Foto hier sind.« Ich glaube, es half ihm dabei, seiner Figur eine zielbewußtere Intensität zu verleihen.

Auch andere Leute von damals kamen zum Drehort. Zum Bei-spiel der Zahnarzt von Bainbridge Island. Auf einem der Fotos ist er als fünfjähriger Junge zu sehen, der gerade von seiner Mutter umarmt wird. Und jetzt haben wir ihn als Fünfzigjährigen, wie er in dieser Szene vor Hatsue steht und diesen Augenblick mit großer Würde noch einmal durchlebt. Das alles fügte den Auf-nahmen eine besondere emotionale Dimension und eine beson-dere Bedeutung bei, die ich persönlich sehr stark empfand. Für mich als Filmemacher war es eine unglaublich berührende Er-

Scott Hicks gibt Sam Shepard (Arthur Chambers) Anweisungen bei der Evakuierungs-Szene.

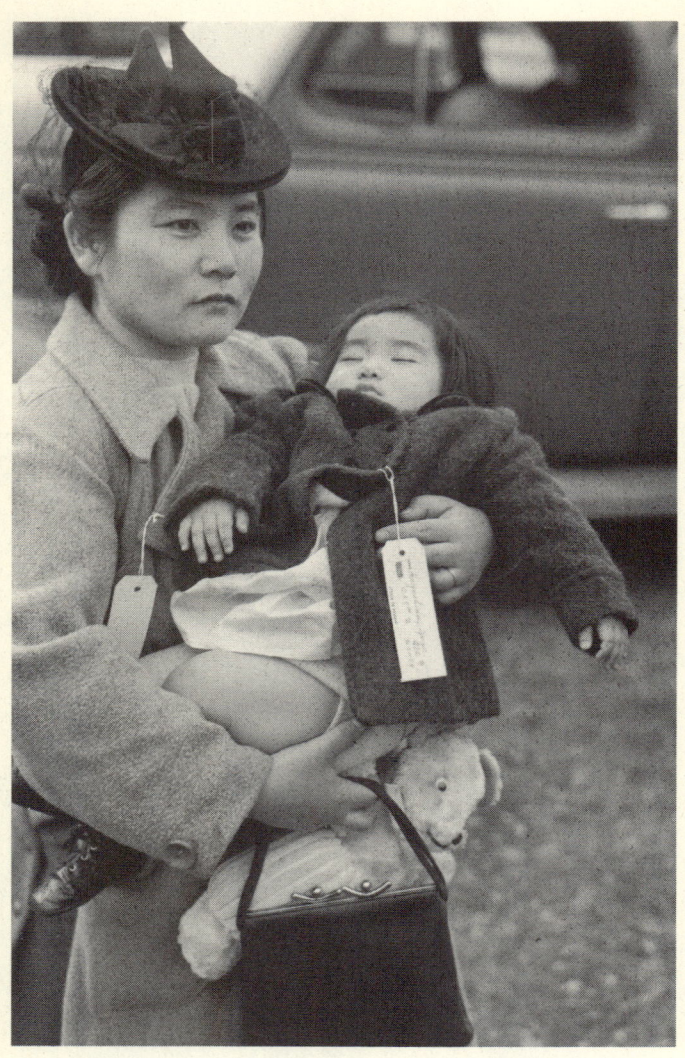

Diese Seite: Archivbild von Fumiko Hayashida und ihrer Tochter Natalie, aufgenommen am 30. März 1942 bei der Evakuierung der Japano-Amerikaner auf Bainbridge Island, Washington. Dieses Foto erschien im Seattle Post-Intelligencer. *(Mit freundlicher Genehmigung*

des Museum of History and Industry, *Seattle, Washington.) Rechte Seite: Sechsundfünfzig Jahre später spielen Mutter und Tochter als Statisten in* Schnee, der auf Zedern fällt *mit.*

fahrung, diese Prüfsteine der Wirklichkeit in die Ereignisse ein-
zugliedern, die sowohl den Roman als auch den Film inspirieren.
Übrigens sind auch David Guterson und seine Familie in dieser
Szene kurz zu sehen.

ÜBER DIE VISUELLE UMSETZUNG

In Zusammenarbeit mit dem Kameramann Bob Richardson sah
ich den Film als stufenweise Enthüllung der (tatsächlichen wie
emotionalen) Wahrheit vor mir. Die Dinge sind oft anders, als sie
zunächst scheinen. Meine Absicht war, daß wir viele Einstellun-
gen zunächst verzerrt durch Glas oder Nebelvorhänge sehen, die
zuerst weggezogen, aufgelöst oder entfernt werden müssen, um
deutlicher preiszugeben, was wir da eigentlich sehen. Gleich
beim ersten Bild der ersten Einstellung wissen wir nicht, wo wir
sind oder was da zu sehen ist, ob wir uns unter Wasser oder in
den Wolken befinden. Erst dann, nachdem wir etwas näher gekommen sind, erkennen wir jemanden, es sieht aus, als stünde er
auf einem Mast. Bob spielte eine wichtige Rolle bei diesen Über-
legungen. Wir stellten fest, daß unser Bildergeschmack sehr ähnlich ist. Ich weiß noch, wie ich ganz zu Anfang sagte: »Eigentlich
würde ich am liebsten in Schwarzweiß filmen.« Und Bob meinte:
»Das können wir – so gut wie.« Und dann beschäftigte er sich mit
einem bestimmten Ausbleichprozeß, der den dunklen Tönen besondere Tiefe und den hellen Stellen eine gewisse Lumineszenz
verleiht. Ich sagte immer: »Gib mir Gesichter vor dunklem Hintergrund«, und das tat er auch. Er hatte diese gigantischen Bah-
nen aus schwarzer Seide, die ich immer ›Fledermausflügel‹
nannte. Wie ein Fürst der Dunkelheit rief er sie bei Bedarf auf den

*Linke Seite: kleines Bild: Archivbild von einer Mutter mit ihren Kindern
unterwegs in ein Internierungslager. Deutlich zu sehen sind die Anhänger mit den Familiennummern. Der kleine Junge mit der Mütze ist Shigeko Kitamoto. Bainbridge Island, Washington, 30. März 1942. Dieses
Foto erschien im* Seattle Post-Intelligencer. *(Mit freundlicher Genehmigung des* Museum of History and Industry, Seattle, Washington.*)
Großes Bild: Shigeko Kitamoto heißt heute Sam Kitamoto, ist über fünfzig Jahre alt und Zahnarzt auf Bainbridge Island. Hier steht er neben
Youki Kudoh in einer Szene, in der die Evakuierung, die er als Kind
selbst miterlebt hat, nachgestellt wird.*

Plan. Für mich war unsere höchst erfreuliche Zusammenarbeit von einer gemeinsamen Leidenschaft und Sensibilität bestimmt, einer gegenseitigen Übereinkunft über die emotionale Bedeutung von Licht und Bildausschnitt, der graphischen Wirkung von Schatten und Unschärfe. Kurz gesagt: Bob ist ein wahrer Virtuose.

ÜBER DIE DREHORTE

Wir filmten in der kleinen Stadt Greenwood mitten in Kanada, ein Ort, an dem, wie wir erst später herausfanden, damals ebenfalls viele Japano-Kanadier umgesiedelt worden waren. Das hieß, daß wir bei Bedarf auf der Suche nach Statisten für die Massenszenen in nächster Umgebung Menschen vorfanden, die eine persönliche Beziehung zu den Geschehnissen hatten, die wir darzustellen versuchten. Selbstverständlich drehten wir an zahlreichen

196

Orten, sowohl in Kanada als auch in den Vereinigten Staaten, darunter auch auf den San Juan Islands.

Was den Drehort betrifft, bestand die größte Herausforderung darin, diesen im Buch so brillant beschriebenen Schneesturm zu schaffen. Wir mußten Orte finden, an denen wir auf die nötigen Wetterverhältnisse hoffen durften. Wie im Buch ist das Wetter wie eine handelnde Person eingesetzt.

Während der Verhandlung fällt vor den Fenstern des Gerichtsgebäudes unablässig Schnee. Der Gerichtssaal selbst ist wie ein Dampfkochtopf, in dem die Hitze beständig ansteigt, eine Atmosphäre wie in einem Treibhaus. Natürlich sind die Leute winterlich gekleidet und schwitzen erst recht durch die im Gerichtssaal erzeugte Spannung, den Druck und die ständig voll aufgedrehte Heizung. Draußen tobt der Schneesturm immer stärker und droht, alles zum Erliegen zu bringen.

Es war mir sehr wichtig, das Wetter als beinahe greifbare Gestalt im Film darzustellen.

Links: Archivfoto der Evakuierung von Japano-Amerikanern. (Mit freundlicher Genehmigung der Sammlung des Seattle Post-Intelligencer im Museum of History and Industry, Seattle, Washington.)
Rechts: Szenische Darstellung der Evakuierung.

ÜBER DIE AUFNAHMEN DER KRIEGSSZENEN

Von den vielen Fotos aus dem Krieg, die wir bei der Recherche zusammengetragen haben, bewegte mich eins von den Kämpfen in Guadalcanal am meisten. Da waren diese toten Soldaten, die eng aneinander halb im Sand begraben lagen. Sie waren tot und sahen doch so friedlich aus, als schliefen sie nur. Sie waren von der Flut überspült und dann mit Sand bedeckt worden. Was mich so ergriff, war die Tatsache, daß dieses grausame Gemetzel im Nachhinein so friedlich wirkte. Das Bild war so stark, daß ich sofort daran dachte, es als das Symbol für Ishmaels Alptraum zu verwenden. Er erwacht inmitten dieses Grauens, dem er mit viel Glück gerade noch einmal entronnen ist.

Dieses Bild wurde sogar noch wichtiger für mich, als ich von Steven Spielberg erfuhr, was er mit *Der Soldat James Ryan* vorhatte. Er beschrieb mir das Unterwasserballett ertrinkender Soldaten, das er gefilmt hatte. Er war von dem, was er da beschrieb, sehr begeistert und malte mir die Szene höchst plastisch aus. An-

Links: Archivfoto von japanischen Soldaten in Guadalcanal, Ilu River, August 1942. (Mit freundlicher Genehmigung der Library of Congress.*)*
Rechts: Für die Aufnahmen der Kriegsszenen wurden nach der Vorlage des Guadalcanal-Fotos Puppen angefertigt und im Sand eingegraben.

Ethan Hawke allein im Schneesturm. Das Wetter spielt im Film eine ebenso große Rolle wie die Hauptfiguren.

gesichts dessen, was ich mir für *Schnee* ausgedacht hatte, rutschte mir das Herz in die Hose, und ich beschloß, dieses andere Bild, diese ›Sandskulptur‹ zu meiner Ikone zu machen. Wir ließen eigens künstliche Leichen herstellen, die wir in Anlehnung an die historische Aufnahme im Sand vergruben.

Der erste Drehbuchentwurf enthält eine Szene, in der dreihundert Marinesoldaten den Strand stürmen. Ich hatte so meine Bedenken, weil sie meiner Meinung nach nicht so recht zu *Schnee* passen wollte. Wir hatten es mit einem Film zu tun, bei dem es um die innere Landschaft der Gedanken und Erinnerungen von Menschen ging. Wie sollten wir Ishmaels Kriegstrauma miteinbeziehen, ohne in einen anderen Film über den Zweiten Weltkrieg überzuwechseln? Wir tasteten uns ganz allmählich an diese folgenschwere Szene heran, bis wir sie letztendlich mit ein paar toten Puppen, einer zerfetzten Palme, einem Stück Blech, zwei Kindern und einem toten Fisch umsetzten.

ÜBER DAS ENDE DES FILMS

Am Ende des Films ist Ishmael an dem Punkt seinen Lebens angekommen, an dem er endlich erwachsen geworden ist. Seit seiner Kriegsverletzung hat sich sein ganzes Leben im Kreis gedreht; er war in dem Augenblick gefangen, in dem Hatsue ihm in ihrem Brief gestand, daß sie ihn nicht liebe. Ishmael befand sich in einem Stadium fortgesetzter Jugend. Inzwischen ist er Ende zwanzig und unfähig zu der Erkenntnis, daß sein Leben weitergehen muß. Die Geschehnisse im Gerichtssaal zwingen ihn zur Konfrontation mit seinen Erinnerungen und zur Versöhnung mit der Vergangenheit.

Ishmael begreift, daß ihm seine frühere Beziehung zu Hatsue immer bleiben wird, daß er sie jedoch nicht mehr als Schutz oder als Waffe benutzen kann, weil sie ihn sonst an seiner eigenen Entwicklung hindert. Er hat sich dermaßen in seine Erinnerungen, in seine Jugendliebe für Hatsue vergraben, daß es ihm unmöglich geworden ist, auf andere einzugehen. Am Ende des Films scheint er sich davon befreit zu haben und in der Lage zu sein, ein erfülltes Leben zu leben.

Ich hoffe, daß diese Szene, in der Ishmael seine Vergangenheit von sich abschüttelt, eine Art Katharsis vermittelt. Zumindest war das meine Absicht.

ZUM SCHNITT UND ZUM TON

Im Drehbuch baute ich einen der emotionalen Höhepunkte des Films rings um Hatsues schicksalhaften Brief an Ishmael. Wenn Hatsue den noch nicht abgeschickten Brief ihrer Mutter im Internierungslager Manzanar vorliest, wollte ich die Zuschauer zwischen dieser Szene und vier anderen Zeitebenen hin und her werfen: Ishmael, der den Brief zum ersten Mal an Bord des Truppentransporters liest, Ishmael später inmitten des Infernos bei der Landung auf Tarawa, seine Erinnerung an sich und Hatsue als Kinder am Strand (obwohl mir das erst kurz vor dem Dreh der Szene einfiel), und Ishmael in der Gegenwart, wo er den in seinen Andenken wiedergefundenen Brief noch einmal liest. Ich wollte zeigen, wie verheerend sich dieses Erlebnis auf Ishmael und Hatsue auswirkt und zugleich vermitteln, daß Ishmael Hatsue für den Verlust seines Arms verantwortlich macht, daß auch sie ein Stück von ihm ist, das er verloren hat. Letztendlich ist die Auflösung des Films eine ›teilweise Wiedereingliederung‹ dieser im Drehbuch skizzierten Elemente. Es war zugleich die erste Szene, die Hank Corwin für mich im Schneideraum bearbeitete. Zum Glück ist er so etwas wie ein chaotisches Genie.

Youki Kudoh (Hatsue Miyamoto) liest den Brief, der einen der emotionalen Höhepunkte des Films einleitet.

All die genannten Elemente mußten integriert werden. Die Art und Weise, wie sie ineinandergreifen, ist für den Charakter des Films als Diskurs über das Erinnern von größter Bedeutung. Derlei Dinge kann man nicht strikt in einem Drehbuch festlegen; man kann nur vermerken, daß man zwischen den Zeitebenen springen will. Hanks Arbeit an der Schichtung und Überlappung des Dialogs war eine hervorragende Leistung, eine Methode, die wir auch bei anderen Teilen des Films anwandten. Es galt, eine individuelle Sprache für den Film zu finden. Wenn man eine kompliziert geschnittene Szene wie die oben beschriebene einbauen will, kann sie nicht aus dem Nichts kommen. Man kann sie unmöglich in einen konventionell strukturierten Film einbauen, sie muß vielmehr organisch der Bildersprache entwachsen, die man dem Publikum bis zu diesem Punkt angeboten hat. Die Zuschauer müssen schon früh daran gewöhnt werden, daß sie sich zwischen verschiedenen Perspektiven und Zeiten bewegen.

Das bringt mich zu der Szene mit den Geschworenen, als der Anklagevertreter sein Plädoyer hält. Ich hatte eine feste Vorstellung davon, mit einer langen Nahaufnahme auf Max von Sydow

(Nels Gudmundsson, der Verteidiger) anzufangen, wie er sein Plädoyer in einer einzigen, durchgehenden Einstellung hält. Ich wollte die Zuschauer auf die Geschworenenbank versetzen und Nels demnach fast direkt in die Kamera sprechen lassen. Auf diese Weise hat man als Zuschauer, wenn es klappt, den Eindruck, als wende er sich direkt an uns im Saal. Um diese lange, beharrliche Nahaufnahme richtig wirken zu lassen, konnte ich nicht vorher eine ebenso lange Ausführung des Staatsanwalts bringen. Damit macht man sein Publikum unruhig. Ich mußte mir das Recht, fünf Minuten lang auf Max' großartigem Gesicht zu verweilen, zunächst verdienen; deshalb zerlegten wir den Monolog des Staatsanwalts mit mehreren Schnitten und Tonüberlappungen. Auf diese Weise schafft man Zeit. Indem man rafft, bewirkt man die Illusion, das Geschehen spiele sich über einen längeren Zeitraum ab. Man hat den Eindruck, der Staatsanwalt redet stundenlang, dabei ist seine Rede viel kürzer als die von Nels. Das ist die hohe Schule des Filmschnitts.

Als ich vor dem Dreh beim Drehbuchschreiben an Max' langer Rede arbeitete, sah ich zufällig *Amistad* im Kino und bewunderte Anthony Hopkins bei seinem großartigen Plädoyer. Was sollte ich nach einem solchen Erlebnis Max in den Mund legen? Wir hatten eine große Rede für ihn ausgearbeitet, doch ich griff wieder einmal auf den Roman zurück und fand mehr davon, was David Guterson über das Alter, moralische Verfehlung und das Erstaunen eines alten Mannes über die Tatsache sagt, daß sich die menschliche Natur offensichtlich nie ändere und wir alle Opfer dieser irrationalen Ängste und Vorurteile seien. Indem ich dieses Material hinzufügte, machte ich Nels zur Stimme des Gewissens in meinem Film, ohne ihn von der Leinwand herabpredigen zu lassen. Hier haben wir also diesen alten Mann am Ende seines Lebenswegs, und das sind seine Feststellungen. Ich wollte den Zuschauern nicht vorschreiben, was sie zu fühlen haben. Das müssen sie schon selbst herausfinden.

ÜBER DIE AUSSTATTUNG

Obwohl der Film in den 1930ern, 40ern und 50ern spielt, wollte ich von Anfang an keinen ›Kostümfilm‹ drehen. Ich wollte für die Zeit und diesen bestimmten Ort auf der Welt eine authentische

Umgebung schaffen, mich aber nicht in Details ergehen. Ich wollte einen Film, der sich eher zeitlos anfühlt – zum Beispiel in der Szene, in der Etta im Zeugenstand von Nels befragt wird. Wir haben also einen alten Mann, der einer erwachsenen Frau im Gerichtssaal Fragen stellt. Bei manchen Filmen geht es dabei hauptsächlich um die richtige Einrichtung und die korrekte Kleidung aus der Zeit, doch mir war es gerade wichtig, diese Zeitbarriere zu überwinden.

Jeannine Oppewalls Ausstattung versetzt einen mit unglaublichem Feingefühl in jene Zeit, jede Einstellung ist von Jeannines ›visueller Ausdrucksfähigkeit‹ durchtränkt. Eine hervorragende Ausstattung ist meistens unsichtbar, fällt überhaupt nicht auf – jedenfalls sollte sie sich nicht ständig groß in Pose setzen. Deshalb entgeht sie oft der Aufmerksamkeit. Außerdem machte mich Jeannine immer wieder auf typische amerikanische Gepflogenheiten aufmerksam, die mir als Australier ansonsten entgangen wären.

ÜBER DIE MUSIK

Das Verhältnis zum Komponisten gestaltet sich oft als sehr schwierig, und das nicht, weil Komponisten etwa ein besonders komplizierter Menschenschlag wären, sondern weil man sich mit ihnen hauptsächlich über diffuse, völlig subjektive Dinge verständigen muß. Trotzdem muß man einen Dialog entwickeln, der den Komponisten in die Lage versetzt, die Vorstellungen, die einem als Regisseur vorschweben, musikalisch umzusetzen. Ich habe auch ziemlich genaue Vorstellungen davon, wie Musik nicht eingesetzt werden sollte; etwa wenn man entscheidende, gefühlvolle Szenen zusätzlich mit Musik überfrachtet, kippt Gefühl rasch in Sentimentalität um. Außerdem kann es schnell nach hinten losgehen, wenn man dem Publikum ständig verkündet, was es jetzt gerade fühlen soll, oder wenn man allzusehr darauf versessen ist, bestimmte Gefühle herauszukitzeln.

James Newton Howard ist ein hochintelligenter und einfühlsamer Mensch mit einer enormen Bandbreite an musikalischer Erfahrung. Er war von dem Wunsch befeuert, eine ganz besondere Filmmusik zu schreiben, und ich finde das Resultat geradezu atemberaubend. Ich habe auch darauf gehofft, daß die Musik die

Ethan Hawke (Ishmael Chambers) und Sam Shepard (Arthur Chambers) in einer Szene, die verdeutlicht, wieviel Aufmerksamkeit Jeannine Oppewalls Ausstattung auch den Details zukommen läßt.

kulturellen Gegebenheiten miteinbezieht, aber auch hier ohne sich dem Zeitdiktat zu unterwerfen. James und ich diskutierten über Klänge aus Holz und Wind, über die Elemente, die mit dem Meer in Verbindung stehen. Er verbrachte sehr viel Zeit damit, Glocken und Windspielen wundersame Klänge zu entlocken. Wir sprachen darüber, das Cello mit seinen tiefen, hallenden Holztönen sowie Streicher als tragende Instrumente einzusetzen. James kam nach Australien, als ich in Adelaide gerade mit dem Schnitt beschäftigt war. Das sind schwierige Situationen für den Komponisten und den Regisseur, denn beim Schneiden verfällt man gerne zeitgenössischen Musikstücken. Auch Komponisten erliegen diesem ›Zeitneid‹ und müssen sich wieder davon lösen. James versorgte mich mit CDs voller Kostproben dessen, was er inzwischen entwickelt hatte, was für meine Arbeit sehr hilfreich war. Als James schließlich die Partitur aufnahm, war alles ziemlich spektakulär: ein riesiges Orchester mitsamt Chor, die sich offensichtlich sehr für diese Musik begeisterten – ein erinnerungswürdiger Anlaß.

ÜBER DIE ROLLE DES OFF-KOMMENTARS

Ishmaels Off-Kommentar war noch in den ersten Entwürfen des Drehbuchs eine feste Größe, doch sie gehörte zu den Dingen, die ich anders haben wollte. Ich hatte das Gefühl, ich müßte versuchen, möglichst die ganze Geschichte in ihrem dramatischen Ablauf darzustellen, ohne auf das Hilfsmittel des Off-Kommentars zurückzugreifen. Also reduzierte ich ihn immer mehr, bis mir klar wurde, daß ich ihn ganz herausnehmen wollte – was einige nicht geringe Probleme verursachte.

Wir haben also eine Figur, die aus ihrem inneren Monolog heraus lebt. Ishmael ist isoliert von anderen Menschen, kommuniziert so gut wie mit niemandem. Bis zum Ende des Films, wenn er sich mit Nels unterhält, scheint er so gut wie nichts gesagt zu haben, von den Szenen mit seiner Mutter und dem Tankwart einmal abgesehen. Wie also lassen sich seine Gedanken ohne Unterstützung eines Off-Kommentars vermitteln? Diese Überlegung zwang mich, Szenen zu entwickeln, in denen der Dialog das transportierte, was zuvor in Ishmaels Off-Kommentar zu finden war.

Beispielsweise nahm ich die letzte Zeile des Romans – »der Zufall beherrscht jeden Winkel der Welt, nur nicht die Kammern des
menschlichen Herzens« – aus dem Off-Kommentar heraus und
legte sie Nels in den Mund, der sie am Ende des Films zu Ishmael
sagt. Darin lag ein ziemliches Risiko, denn es gibt nur drei oder
vier Schauspieler auf der ganzen Welt, die einen solchen Satz
richtig sagen können. Bei einer anderen Besetzung hätte ich mir
eine andere Lösung einfallen lassen müssen, aber bei Max wirkt
es so spontan und glaubwürdig, mit einem gewissen Unterton von
Humanität und, was noch weitaus wichtiger ist, ohne jeglichen
Anschein von Dogmatik oder Sophisterei.

Bei der Nachbearbeitung setzten wir, wie ich oben schon er-
wähnte, viel überlappende und ineinander verwobene Tonspuren
ein, was mir die Gelegenheit verschaffte, Ishmael bei einer Reihe
entscheidender Szenen, bei denen wir sonst nicht wüßten, was gerade in ihm vorgeht, doch so etwas wie eine innere Stimme zu verleihen. Dabei handelt es sich nicht im strengen Sinne um Off-
Kommentare; es ist vielmehr fast so, als lauschten wir Ishmaels
Gedanken. Zum Beispiel in der Szene, in der er sich vorstellt, wie
er Hatsues Vater von dem Entlastungsmaterial berichtet, hören

wir, wie sich die möglichen Sätze in seinem Kopf überlagern, doch zu diesem Zeitpunkt kann er sich noch nicht dafür entscheiden. Auch an der Stelle, wenn er die entscheidenden Eintragungen im Leuchtturm findet, hören wir seine verborgensten Gedanken.

ÜBER HERAUSGESCHNITTENE SZENEN

Bei jedem Film gibt es Szenen, die man zwar gedreht hat, hinterher aber herausschneiden muß. Ein Beispiel dafür ist Szene 126, in der Ishmael Hatsue zur Zeit der Verhandlung durch den Schneesturm nach Hause fährt. Im Drehbuch springen wir in die Zeit kurz nach dem Krieg zurück, als Ishmael mit nur einem Arm zurückgekehrt ist und Hatsue im Lebensmittelladen begegnet. Er benutzt den Ausdruck ›Japse‹ als Waffe gegen sie, bereut es aber sofort und entschuldigt sich später dafür. Dabei klingt an, daß er sie, wenn auch eher unbewußt, für den Verlust seines Arms verantwortlich macht.

Als es soweit war, beim Schnitt den Rhythmus des Films zu finden, fand ich plötzlich, daß die Szene nicht mehr paßte. Die Schneesturmszene ist die erste, in der wir Hatsue und Ishmael ge-

Akira Takayama (Hisao Imada) und Youki Kudoh (Hatsue Miyamoto) in einer Szene, bei der der Dialog nachträglich weggelassen wurde.

meinsam in der Gegenwart sehen. Sie sind beide in dieses Auto gepfercht, und da ist diese gewaltige Spannung zwischen ihnen, die sie beide unterdrücken. Nur wenn sie miteinander reden, kommt hier und da etwas davon zum Vorschein. Hatsues armer Vater hat keine Ahnung, was es damit auf sich hat. Es kam mir einfach falsch vor, die Zuschauer aus dieser Szene gleich wieder in die Vergangenheit zu verfrachten. Mein Gespür sagte mir, daß wir damit weitermachen sollten, daß er sie vor ihrem Haus absetzt und sie sich dort verabschieden. Beim Drehen hatte Ethan das Gefühl, der Dialog in dieser Szene funktioniere nicht richtig, und ich spürte, daß er nicht völlig dahinterstand. Ich schlug vor, sie ganz wegzulassen und zu probieren, ob wir nicht an der Stelle aussteigen konnten, wenn sie sich ansehen. Sowohl Ethan als auch Youki sind sehr starke, instinktgeleitete Schauspieler, die sich nicht davor scheuen, sich anstelle von Worten auf einen langen Blickwechsel zu verlassen, und genau dieser stumme Austausch machte die Szene sehr viel aussagekräftiger. Es ist erstaunlich, wie oft man Dialoge einfach weglassen kann, und es funktioniert trotzdem hervorragend!

ÜBER DAS FILMEMACHEN

Einen Film zu drehen ist wie eine große Reise zu unternehmen, die aus dem Team und dem Darstellerensemble erwächst, das man sich zusammenstellt. Es liegt auf der Hand, daß der erste Baustein das Drehbuch ist, aber das Drehbuch ist nicht der Film, es ist ein bestimmtes Entwicklungsstadium des Films. Bestenfalls ist es ein Entwurf, eine Schablone für die Produktion. Filmemachen heißt immer Handel mit Gefühlen treiben, den Versuch unternehmen, die Gefühle, die in den geschriebenen Worten auf der Seite stecken, visuell und akustisch ins Leben zu rufen.

Dabei entsteht nicht wenig des eigentlichen Schreibens im Schneideraum, wo man vergessen muß, daß es einmal ein Drehbuch oder eine schwierig zu drehende Szene gab, sogar die Szene, von der man nach der Sichtung der Tagesmuster so schrecklich begeistert war. Jetzt geht es vielmehr um das, was man vor sich entstehen sieht, und um den Film, den es zu schaffen gilt. Alles andere – die Romanvorlage, das Drehbuch, die Tagesmuster – ist jetzt nurmehr Rohmaterial für den Schnitt.

Filme lassen sich immer wieder verändern, doch irgendwann ist der Punkt erreicht, an dem man einfach aufhören muß, auch wenn man am liebsten bis in alle Ewigkeit weiter daran herumbasteln würde. Als ich *Shine* zum ersten Mal mit Publikum sah, wand ich mich bei den Stellen, die ich für gräßlich hielt, im Kinosessel. Doch die Zuschauer teilen die Hoffnungen und Befürchtungen des Filmemachers keineswegs. Sobald sie von der Geschichte und den handelnden Figuren gepackt sind, vergeben sie einem fast alles. Nur wenn man ihre Gefühle mißachtet und sie im Stich läßt – das vergeben sie einem nicht. Ich glaube, sie würden es sogar tolerieren, nicht alles zu verstehen, solange man sie immer wieder am Leben der Filmfiguren teilhaben läßt.

Ich erwarte nicht, daß jeder von dem Film restlos begeistert ist. Wenn das Publikum genug mit auf den Weg bekommt, um die ganze Reise durchzustehen und am Schluß nicht bitterlich enttäuscht ist, weil es nicht alles verstanden hat, bin ich schon sehr zufrieden. Wir haben es heutzutage mit sehr aufgeweckten Zuschauern zu tun. Sie erfassen viele Informationen schneller, als es ihnen die meisten Filme zugestehen. Für mich läßt sich die Herstellung eines Films mit einem Mosaik vergleichen. Man reicht den Zuschauern die ganze Zeit über kleine Steinchen, und sie sehen lange nur einzelne Farbflecken, aber nicht das Muster. Am Schluß aber haben sie das ganze Bild zusammengesetzt. Vielleicht sind es auch nur 70 Prozent des Mosaiks, aber es reicht, um das Gesamtbild zu erkennen. Bei *Schnee, der auf Zedern fällt,* habe ich versucht, die Dichte des Romans und seine brillante Anhäufung von Details wiederzugeben, diese übereinandergelagerten Schichten von Bildern und Gefühlen.

Ich bin davon überzeugt, daß es viele Zuschauer gibt, die bereit sind, sich von Filmen dieser Machart gefangennehmen zu lassen. Viele Leute haben die Nase voll von diesen absolut geschmacklosen, flachen Filmen, die man am Ausgang des Kinos bereits vergessen hat. Sie sind wie Fast Food. Ich möchte, daß die Leute diesen Film mit sich herumtragen. Am liebsten wäre es mir, wenn sie ein paar Bilder davon immer bei sich hätten, so wie ein gutes Buch im Kopf des Lesers als Teil des eigenen Bewußtseins weiterlebt.

Vor der Kamera – die Darsteller

ETHAN HAWKE (Ishmael Chambers) spielte zuletzt Hauptrollen in *The Newton Boys* und *Gattaca*. Hawke, der Gründer der in New York ansässigen Theatertruppe Malaparte, führte bei dem Film *Straight To One* (ausgestrahlt von PBS) Regie und veröffentlichte 1996 mit *Hin und Weg* seinen ersten Roman.

Nachdem er mit *Explorers* seinen Spielfilmeinstand gab, wurde Hawke mit *Der Club der toten Dichter*, *Dad* und *Wolfsblut* (dem Jack London-Klassiker) bekannt. Zu seinen anderen Kinofilmen gehören *Rich in Love*, *Waterland*, *A Midnight Clear*, *Überleben!*, *Reality Bites – Voll das Leben* und *Before Sunrise*.

Hawke wurde in Austin, Texas geboren, arbeitete beim National Actors Theatre und in Chicago mit der renommierten Steppenwolf-Truppe. Zur Zeit wohnt er in New York.

JAMES CROMWELL (Richter Fielding) ist wohl am besten durch seinen Auftritt als Farmer Hoggett in *Ein Schweinchen namens Babe* bekannt, der ihm auch eine Oscar-Nominierung einbrachte. Er spielte in *L.A. Confidential*, *Larry Flynt – Die nackte Wahrheit*, *Star Trek: Der erste Kontakt*, *Schweinchen Babe in der großen Stadt* und vor kurzem in *Wehrlos*. Demnächst kommen seine Projekte *The Green Mile*, *The Bachelor*, *TNT's A slight Case of Murder* und der HBO-Fernsehfilm *RKO 281* zur Aufführung. Cromwell lebt mit seiner Familie in Los Angeles.

RICHARD JENKINS (Sheriff Moran) ist in zahllosen Filmen aufgetreten, darunter *Verrückt nach Mary*, *The Impostors*, *The Mod Squad*, *Absolute Power*, *Flirting with Desaster*, *Ein Indianer im Wandschrank*, *Trapped in Paradise*, *2 Mio. $ Trinkgeld*, *Ein amerikanischer Quilt*, *Wolf – Das Tier im Manne*, *Sea of Love – Melodie des Todes* und *Die Hexen von Eastwick*. Demnächst ist er in *Random Hearts*, *Me, Myself and Irene* sowie *What Planet Are You From?* zu sehen. Zu seinen Fernsehfilmen gehören *In eisigen Höhen: Tod auf dem Everest, Blind Rage* sowie *...und das Leben geht weiter.*

YOUKI KUDOH (Hatsue) ist Sängerin und zweisprachige Schauspielerin. Sie hat in ihrem Heimatland Japan bereits sieben Platten herausgebracht. In den USA wurde man sowohl durch ihre schwarze australische Komödie *Paradies in Flammen* als auch durch den unabhängig produzierten Film *Das Geheimnis der Braut* auf sie aufmerksam. Mit *War und Youth* wurde sie im Alter von 20 Jahren die bisher jüngste Schauspielerin, die mit dem Preis ›Beste Schauspielerin Japans‹ ausgezeichnet wurde. In den USA besetzte sie Jim Jarmusch für *Mystery Train* als die eine Hälfte eines in Rockabilly vernarrten Pärchens auf der Pilgerreise nach Memphis.

JAMES REBHORN (Alvin Hooks) spielte unter anderem in *The Game, Independence Day, My Fellow Americans, Wenn Lucy springt, Aus nächster Nähe, Blank Check, Lorenzo's Oil, Tess und ihr Bodyguard, 8 Seconds, Carlito's Way, Der Duft der Frauen, In Sachen Henry, Mein Vetter Winnie* und *Basic Instinct.* Demnächst ist er in *The Adventures of Rocky and Bullwinkle* und *Der talentierte Mr. Ripley* zu sehen. Auf dem Fernsehschirm hat man ihn in *A Bright Shining Lie, From the Earth to the Moon,* in der PBS-Produktion *Our Town* und in den *Serien Guiding Light, Law & Order, Wiseguy, Seinfeld* sowie *I'll Fly Away* gesehen.

SAM SHEPARD (Arthur Chambers) ist ein preisgekrönter Autor, Regisseur, Produzent und Schauspieler, der sowohl für die Leinwand, für den Bildschirm als auch fürs Theater gearbeitet hat. Zu seinen Verdiensten gehören ein Oscar-nominierter Auftritt in *Der Stoff, aus dem die Helden sind* sowie in *All The Pretty Horses, Hamlet, Safe Passage, Die Akte, Magnolien aus Stahl, Baby Boom – Eine schöne Bescherung, Verbrecherische Herzen, Fool for Love, Paris, Texas* sowie *Country, Frances* und *In der Glut des Südens.* Er hat Hauptrollen in Fernsehfilmen wie *Dash & Lilly* (für die er eine Emmy-Nominierung als Hauptdarsteller in einer Miniserie erhielt), *Purgatory, Lily Dale, The Good Old Boys* und *Streets of Laredo.*

Zu Shepards schriftstellerischen Verdiensten gehört *Buried Child,* wofür er den Pulitzer Prize in der Sparte Schauspiel erhielt. Außerdem schrieb er *Simpatico, True West, Curse of the Starving Class* und *Fool for Love* sowie die Spielfilme *Rache ohne Hoffnung, Paris, Texas, Zabriskie Point* und *Me and My Brother.* Als Regisseur zeichnet er für die Filme *Schweigende Zunge* und *Rache ohne Hoffnung* verantwortlich.

212

RICK YUNE (Kazuo Miyamoto) arbeitete drei Jahre als Termingeschäftsbroker, bevor er als Model für Lauren und Versace entdeckt wurde, worauf er in mehreren Fernseh-Werbespots auftrat. Er landete einige off-off-Broadway Rollen sowie eine kleine Rolle in einer täglichen Seifenoper namens *Another World.* Yune, der in den Vereinigten Staaten zur Welt kam und aufwuchs, beschäftigte sich von Kindesbeinen an mit asiatischer Kampfkunst und qualifizierte sich 1992, als Taekwondo als Vorführsport akzeptiert wurde, für das olympische Trainingzentrum.

MAX VON SYDOW (Nels Gudmundsson), ein international renommierter Schauspieler, der in über einhundert Filmen mitwirkte, erhielt 1988 eine Oscar-Nominierung als bester Darsteller für den Film *Pelle der Eroberer.* In den USA kennt man ihn wahrscheinlich am ehesten aus Filmen wie *What Dreams May Come, Der Exorzist, Hawaii, Die größte Geschichte aller Zeiten, Judge Dredd, Hannah und ihre Schwestern, Duet for One* und *Drei Tage des Condor.* Außerdem stand er mit Ikonen wie *Conan der Barbar,* James Bond in *Sag niemals nie* und *Flash Gordon* vor der Kamera.

Obwohl seine Karriere fünf Jahrzehnte und mehrere Sprachräume umfaßt, wird von Sydow hauptsächlich mit den Filmen des großen schwedischen Regisseurs Ingmar Bergman in Verbindung gebracht, mit dem er mehrere inzwischen zu Klassikern gereifte Werke drehte, darunter *Das siebente Siegel, Die Jungfrauenquelle, Licht im Winter, Die Stunde des Wolfs* und *Der Ritus.* Außerdem spielte er (mit Liv Ullman) in *The Emigrants* und *The New Land.* Dazu kommt eine beachtenswerte Zahl von Arbeiten für das Fernsehen. Obwohl er sich mit seiner Frau, der Dokumentarfilmerin Catherine Brelet, in Frankreich niedergelassen hat, ist der Schauspieler ständig zu Drehorten auf der ganzen Welt unterwegs.

CELIA WESTON (Etta Heine) hat sowohl am Broadway als auch off-Broadway gearbeitet, unter anderem in dem Erfolgsstück *Last Night at Ballyhoo.* Zu ihren jüngsten Leinwandauftritten gehören *Der talentierte Mr. Ripley, Ride With the Devil, Hanging Up* und *Secret.* Frühere Filme waren etwa *Dead Man Walking, Flirting with Desaster, Das Wunderkind Tate* und *Entfesselte Helden.*

Hinter der Kamera

SCOTT HICKS (Regisseur, Co-Drehbuchautor) wurde nach dem Start von *Shine* (1996) in die erste Riege der internationalen Filmemacher katapultiert.

Hicks wurde 1994 für seinen Dokumentarfilm *Submarines: Sharks of Steel* mit einem Emmy ausgezeichnet und erhielt 1989 für *The Great Wall of Iron* den Peabody Award. Bis Mitte der achtziger Jahre drehte er eine Reihe von Low-Budget-Spielfilmen für die South Australian Film Corporation. 1988 kam er mit seinem Kinderfilm *Sebastian und der Spatz* zum American Film Market nach Los Angeles und fing dann an, Dokumentarfilme zu drehen. *The Great Wall of Iron* erforschte die strikt abgeschottete Welt der chinesischen Armee. Die vierteilige Serie, 1988 nur wenige Monate vor den Ereignissen auf dem Platz des Himmlischen Friedens gedreht, wurde zum meistgesehenen Programm des Discovery Channel, ein Rekord, den Hicks später selbst mit seiner Serie *Submarines: Sharks of Steel* brach.

Im September 1995, als sich *Shine* bereits in der Nachbearbeitung befand, recherchierte Hicks für eine neue Dokumentarserie mit dem Titel *The Ultimate Athlete*. Wenige Monate später, im Januar 1996 beim Sundance Film Festival, war aus *Shine* ein aufsehenerregender Erfolg geworden. Zu seinen vielfältigen Ehrungen zählen sieben Oscar-Nominierungen (Geoffrey Rush erhielt den Oscar als Bester Darsteller), fünf Golden Globe-Nominierungen, eine Nominierung der Directors Guild of America für Hicks und eine Nennung als Bester Film vom National Board of Review. In seinem Heimatland Australien wurden *Shine* neun Australian Film Institute Awards zugesprochen, unter anderem für den Besten Film und den Besten Regisseur. Hicks wohnt mit seiner Frau und Mitarbeiterin Kerry Heysen und den beiden Söhnen nach wie vor in Adelaide.

RON BASS (Co-Drehbuchautor/Produzent) begann seine Karriere als Rechtsanwalt für Unterhaltungskünstler und gewann 1988 (gemeinsam mit Barry Manilow) einen Oscar für *Rain Man*. In der Folge schrieb er zusammen mit den jeweiigen Autorinnen die Drehbücher zu drei Erfolgsromanen: zu Amy Tans *Töchter des Himmels* (1993), den er auch koproduzierte; Terry McMillans *Waiting to Exhale – Warten auf Mr. Right* (1995) und *How Stella Got Her Groove Back* (1998), die er ebenfalls beide koproduzierte. Außerdem schrieb er am Drehbuch von *What Dreams May Come,* bei dem er auch als ausführender Produzent in Erscheinung trat.

Zu seinen weiteren Erfolgen gehören *Der Feind in meinem Bett, Die Hochzeit meines besten Freundes* (produziert gemeinsam mit Jerry Zucker) und *Stepmom* (als Co-Autor und ausführender Produzent). Darüber hinaus arbeitete er an *Passion of Mind, Entrapment* und *Dangerous Minds* mit, wofür er auch die TV-Pilotsendung schrieb.

Ron Bass hat die Arbeit an Arthur Goldens *Die Geisha* (bei dem Steven Spielberg Regie führen wird) sowie an *Schiffsmeldungen,* einer Adaption des mit dem Pulitzer Prize ausgezeichneten Romans, abgeschlossen. Bass wohnt in Los Angeles und New York.

DAVID GUTERSONS (Schriftsteller) erster Roman, *Schnee, der auf Zedern fällt,* erschien 1994 bei Harcourt Brace und entwickelte sich rasch zum Bestseller. Seither wurde er über vier Millionen Male verkauft, in dreißig Sprachen übersetzt und – unter anderem – 1994 mit dem PEN/Faulkner Award für Belletristik und dem Pacific Northwest Booksellers Award ausgezeichnet.

Der Roman ist das Resultat von fast zehn Jahren Arbeit. Guterson schrieb ihn an Wochenenden und in der freien Zeit neben seinem Beruf als Englischlehrer an der High School. Inzwischen hat er *Das Land vor uns, das Land hinter uns,* eine Sammlung von Kurzgeschichten sowie ein Sachbuch mit dem Titel *Family Matters: Why Homeschooling Makes Sense* veröffentlicht. Sein neuester Roman, *Östlich der Berge,* erschien im Frühjahr 1999.

KATHLEEN KENNEDY und **FRANK MARSHALL** (Produzenten) gründeten 1993 ihre eigene Firma, die Kennedy/Marshall Company. Ihre beiden ersten Filme, bei denen Marshall Regie führte und die von Kennedy produziert wurden, waren *Alive* (1993) und *Congo* (1995), gefolgt von *Der Indianer im Wandschrank,* einem Kinderfilm.

Gemeinsam mit Steven Spielberg haben Kennedy und Marshall Dutzende der kommerziell erfolgreichsten und meistdiskutierten Filme der Filmgeschichte ins Leben gerufen, darunter die *Indiana Jones-Trilogie, Poltergeist, E.T. der Außerirdische,* die *Zurück in die*

Zukunft-Trilogie, Jurassic Park, Falsches Spiel mit Roger Rabbit, Die Farbe Lila und *Schindlers Liste.*

1991 debütierte Frank Marshall mit *Arachnophobia* als Regisseur. Abgesehen von *Schnee, der auf Zedern fällt* startet Kennedy/Marshall Company in diesem Jahr *The Sixth Sense, A Map of the World* und *Olympic Glory,* den ersten großformatigen Film über die Olympischen Spiele.

Kennedy und Marshall sind seit 1987 verheiratet und haben zwei Töchter.

HARRY J. UFLAND (Produzent) blickt auf eine bemerkenswerte Karriere in der Unterhaltungsindustrie zurück, nicht nur als erfolgreicher Produzent, sondern auch als Schauspieleragent. Er schnürte die Talente für Filmprojekte wie *Wie ein wilder Stier, Die Duellisten, Foxes, Hexenkessel, The King of Comedy, Es war einmal in Amerika, Blade Runner* und *Taxi Driver* zusammen.

Gemeinsam mit Joe Roth gründete er die Ufland-Roth Productions und produzierte *Traffic School, In den Fängen des FBI, Die Legende vom Schwarzen Fluß* und *Streets of Gold.* Mit seiner Frau Mary Jane Ufland produzierte er *Nicht ohne meine Tochter* und *Freaked,* außerdem arbeitete er als ausführender Produzent an *Die Ratte von Soho* sowie an *Die letzte Versuchung Christi.* Darüber hinaus produzierte Ufland für Universal *One True Thing.*

ROBERT RICHARDSON (Kameramann) erklomm gemeinsam mit dem Filmemacher Oliver Stone die Höhen kinematographischen Ruhms. Für Stone fotografierte er sieben Spielfilme, darunter *Platoon, Wall Street, The Doors* und *Nixon.* Seine Kameraarbeit bei *Geboren am 4. Juli* und *JFK* brachte ihm jeweils eine Oscar-Nominierung ein, für *JFK* dann auch tatsächlich den Oscar.

In den letzten Jahren arbeitete Richardson auch mit anderen Regisseuren wie Robert Redford *(Der Pferdeflüsterer),* Barry Levinson *(Wag the Dog),* Martin Scorsese *(Casino)* und John Sayles *(City of Hope, Acht Mann und ein Skandal)* zusammen. Außerdem fotografierte er Rob Reiners *A Few Good Men* und Errol Morris' Oscar-gekrönten Dokumentarfilm *Fast, Cheap and Out of Control* – insgesamt über fünfundzwanzig Filme plus mehrere Dokumentationen für das Fernsehen.

Richardson wurde in Hyannis, Massachusetts geboren, ist verheiratet und hat zwei Töchter. Er wohnt auf Cape Cod.

JEANNINE OPPEWALL (Ausstatterin) erhielt in zwei aufeinanderfolgenden Jahren Oscar-Nominierungen für *Pleasantville* (1998) und

L.A. Confidential (1997). Sie arbeitete als Bühnenbildnerin *(Blue Collar, Blow Out – Der Tod löscht alle Spuren, The Rose, Da steht der ganze Freeway kopf)*, bevor sie 1983 bei *Comeback der Liebe* künstlerische Gestalterin wurde. Zu ihren weiteren Verdiensten gehören *Love Letters, The Big Easy, Rooftops, Eine fast anständige Frau* und *Die Brücken von Madison County.* Vor kurzem hat sie für Curtis Hanson, den Regisseur von *L. A. Confidential,* einen zweiten Film namens *Wonder Boys* fertiggestellt.

HANK CORWIN (Schnitt) wurde 1990 von Oliver Stone mit der Aufgabe betraut, eine Eingangssequenz für *JFK* auszuführen. Seither hat er die drei nachfolgenden Werke des Regisseurs geschnitten: *Nixon, Natural Born Killers* und *U-Turn – Kein Weg zurück.* Corwin steht seiner eigenen Firma namens »Lost Planet« vor, die Musikvideos und Werbespots schneidet. Zu seinen letzten Arbeiten gehören Musikvideos für Beck, LL Cool J und Porno für Pyros. Corwin und seine Frau Nancy unterhalten Wohnungen und Büros in Los Angeles und New York.

JAMES NEWTON HOWARD (Komponist) ist eine führende Gestalt in der neuen Generation von Hollywood-Komponisten. Seit seinem 1985er Debüt, der Komödie *Männer für jeden Job,* hat er die Musik zu über sechzig Filmen geschrieben. Seine Arbeit wurde durch mehrere Emmy- und Oscar-Nominierungen geehrt, ebenso durch einen Golden Globe und einen Grammy (für den Song *One Fine Day*). Zu seinen Fernsehaufträgen gehört die denkwürdige Titelmelodie zu *E.R.,* für die er zwei Emmy-Nominierungen erhielt.

RENEE KALFUS (Kostümdesignerin) fing vor zehn Jahren mit Werbefilmen an und stieg mit *Ein charmantes Ekel* ins Leinwandgeschäft ein. Sie war für die Kostüme von *Dead Man Walking, In Sachen Liebe, Jahre der Zärtlichkeit, Gilbert Grape – Irgendwo in Iowa* und erst kürzlich von *Gottes Werk und Teufels Beitrag* (nach dem Roman von John Irving) verantwortlich. Zu ihren weiteren Arbeiten gehören *Verrückt vor Liebe, Ein genialer Freak* und *Safe Passage.*

CAST AND CREW CREDITS

Universal Pictures Presents

A HARRY J. UFLAND / RON BASS Production
A KENNEDY / MARSHALL Production
A SCOTT HICKS Film

SNOW FALLING ON CEDARS

ETHAN HAWKE   JAMES CROMWELL   RICHARD JENKINS
JAMES REBHORN   SAM SHEPARD   ERIC THAL
and MAX VON SYDOW

YOUKI KUDOH   RICK YUNE   JAN RUBE   CELIA WESTON
MAX WRIGHT   ARIJA BAREIKIS   ŽELJKO IVANEK   CAROLINE KAVA
ZAK ORTH   CARY-HIROYUKI TAGAWA
DANIEL VON BARGEN

Casting by
DAVID RUBIN
RONNA KRESS, Associate

Executive Producers
CAROL BAUM
LLOYD A. SILVERMAN

Costume Designer
RENEE ERLICH KALFUS

Produced by
KATHLFEN KENNEDY
FRANK MARSHALL

Co-Producers
RICHARD VANE
DAVID GUTERSON

Produced by
HARRY J. UFLAND
RON BASS

Music by
JAMES NEWTON HOWARD

Based on the Novel by
DAVID GUTERSON

Editor
HANK CORWIN

Screenplay by
RON BASS and SCOTT HICKS

Production Designer
JEANNINE OPPEWALL

Directed by
SCOTT HICKS

Director of Photography
ROBERT RICHARDSON, A.S.C.

CAST

Ishmael Chambers	ETHAN HAWKE
Hatsue Miyamoto	YOUKI KUDOH
Young Ishmael Chambers	REEVE CARNEY
Young Hatsue Imada	ANNE SUZUKI
Kazuo Miyamoto	RICK YUNE
Nels Gudmundsson	MAX VON SYDOW
Alvin Hooks	JAMES REBHORN
Judge Fielding	JAMES CROMWELL
Sheriff Art Moran	RICHARD JENKINS
Susan Marie Heine	ARIJA BAREIKIS
Carl Heine, Jr.	ERIC THAL
Etta Heine	CELIA WESTON
Carl Heine, Sr.	DANIEL VON BARGEN
Hisao Imada	AKIRA TAKAYAMA
Fujiko Imada	AKO
Zenichi Miyamoto	
	CARY-HIROYUKI TAGAWA
Deputy Abel Martinson	ZAK ORTH
Horace Whaley	MAX WRIGHT
Arthur Chambers	SAM SHEPARD
Helen Chambers	CAROLINE KAVA
Ole Jurgensen	JAN RUBE
Liesel Jurgensen	SHEILA MOORE
Dr. Whitman	ŽELJKO IVANEK
Young Kazuo Miyamoto	SEIJI INOUYE
Sumiko Imada	SAEMI NAKAMURA
Yukiko Imada	MIKA FUJII
Bus Driver	DWIGHT MCFEE
Levant	BILL HARPER
Nagaishi	XI RENG JIANG »HENRY O.«
German Soldier	MYLES FERGUSON
Ship's Doctor	NOAH HENEY
Bailiff	JOHN DESTREY
Buddhist Priest	A. ARTHUR TAKEMOTO
Monk	KEN TAKEMOTO
Gas Station Attendant	LARRY MUSSER
Singing Girl	JAMIE KANG
Strawberry Girl	LILI MARSHALL
Strawberry Woman	LISA MENA
Parade Boy with Stick	
	JETHRO HEYSEN-HICKS
Jurors	TOM HEATON
	FRANK C. TURNER
	MARILYN NORRY
Fishermen	PETER CROOK
	RON SNYDER
	MARY AINSWORTH FARRELL
Reporters	JAY BRAZEAU
	TOM SCHOLTE
	TIM BURD
FBI Agents	GARETH WILLIAMS
	ANTHONY HARRISON
Heine Children	ADAM POSPISIL
Stunt Coordinator	RALEIGH WILSON
Stunts	GIORGIO MIYASHITA
	SCOTT W. HUBBELL
	MERRITT YOHNKA
	JOHNNY MARTIN
	DANE FARWELL
	DENNIS FITZGERALD
	MARK STEFANICH
	JOEY BOX
	KRIS A.JEFFREY
	JIM PALMER
	GLYNN F. PALMER
	DAN BEN
	CHARLES CROUGHWELL
	SETH ARNETT
	SHAWN ROBINSON
	CHUCK HOSACK
	PAT ROMANO
	TROY ROBINSON

(JOHNNY BRYNELSEN)

CREW

First Assistant Director	KATTERLI FRAUENFELDER
Unit Production Manager	PATTI ALLEN
Second Assistant Directors	
	JACQUIE GOULD
	PAUL BARRY
Associate Producer	KERRY HEYSEN
Supervising Art Director	BILL ARNOLD
Production Supervisor	PAUL PAV
Art Director	DOUG BYGGDIN
Set Decorator	JIM ERICKSON
Property Master	JIMMY CHOW
Assistant Art Director	NANCY FORD
Assistant Set Decorator	RON SOWDEN
Prop Assistants	PAUL MULDER
	CATHERINE LEIGHTON
	MAX MATSUOKA
Props Buyer	GILL GOODMAN
Lead Set Dresser	TERRY LEWIS
Set Decorator Buyer	DOUG CARNEGIE
Set Dressers	SCOTT CALDERWOOD
	AUDRA NEAL
	LAURIE EDMONDSEN
	ANDREW HUSSEY
	HERB NOSEWORTHY
	RICK PATTISON
	LARRY GONZALES
On Set Dresser	STEVE LEMARE
Art Department Coordinator	
	SHEILA MILLAR

First Assistant Camera GREGOR TAVENNER
Second Assistant Camera CHRISTINA KASPERCZYK
MICHAEL WALE
B Camera Operator NATHANIEL MASSEY
B Camera First Assistant PAUL GUENETTE
B Camera Second Assistant AKI SHIGEMATSU
Video Assistant Technician JOHN SANDERSON

Associate Editor PAUL MARTINEZ
First Assistant Editor WILLIAM FLETCHFR
Assistant Editors YVONNE VALDEZ
CHARLIE JOHNSTON
MARK ELLIS
HELEN HAND
BRUCE GIESBRECHT
MIKE SMITH

Production Sound Mixer ERIC BATUT
Boom Operator KELLY ZOMBOR
Sound Utility MICHAEL PLAYFAIR

Gaffer IAN R. KINCAID
Canadian Gaffer JEFF UPTON
Best Boy Electric JOHN DEKKER
Key Grip TIM HOGAN
Dolly Grip BILL PIERSON
Best Boy Grip KEN WOZNOW
Best Boy Rigging Grip STEVE ARNOTT

Special Effects Coordinator BILL ORR
Special Effects Best Boy ANDRE DOMINQUEZ
Special Effects Buyer TERESA WILKINSON
Head Fabricator LARS LENANDER

Costume Supervisor MICHAEL DENNISON
Assistant Costume Designer TISH MONAGHAN
Key Costumers JANICE DEVRIES
KEVIN HARRISON
Set Costume Supervisor BREN MOORE
Set Costumers HISAMI YAMAMOTO
JEAN MURPHY
Key Makeup Artists ROSALINA DA SILVA
NORMA HILL-PATTON
Makeup Artists MARGARET SOLOMON
RITA CICCOZZI
Key Hair Stylist JAMES D. BROWN
Hair Stylist THOM MCINTYRE

Script Supervisor CHRISTINE WILSON

Legal Consultant DONALD R. KENNEDY
Dialect Coach FRANCIE BROWN
Military Advisor MIKE STOKEY
Kendo Choreographer NICHOLAS HARRISON
Location Managers CONNIE KENNEDY
KENDRIE UPTON
Assistant Location Managers MARNIE GEE
BILL BURNS
Production Accountant KATHRYN DREW
Assistant Accountants DOREEN BEAULAC
ANN MCDONOUGH
Payroll Accountant DAVE HARVEY
Production Coordinator KAAYLA RYANE
Post Production Coordinator VALERIE ANNE FLUEGF.R
Assistant Prod. Coordinators PAIGE PALMER-HOLLINSHEAD
PAT TAYLOR
LISA RAGOSIN
2nd 2nd Assistant Directors ANDREW ROBINSON
BLAIR FREEMAN-MARSH

DGC Trainee GREG ROSATI
US Marine Coordinator RANSOM WALROD
Canadian Marine Coordinator DAN CROSBY
Unit Publicist JULIA FRITTAION
Still Photographer DOANE GREGORY

2nd Unit Director FRANK MARSHALL
2nd Unit Director of Photography RAY STELLA
Assistants to Mr. Hicks JODI ZUCKERMAN
SALLY RAMSAY
Assistants to Mrs. Kennedy ELYSE KLAITS
SHAYNE WILSON
Assistants to Mr. Marshall MARY T. RADFORD
K. BROOK RADFORD
Assistant to Mr. von Sydow CATHERINE VON SYDOW
Production Assistants BARBARA BARNES
MARIA QUANFUN
MICHAEL YOUNG
MICHAEL DERRY
KAREN TOLSON
SILVER BUTLER
ZOE STEPHENSON
CHRIS BAIKIE
NICOLE LA FOLLETTE
LINDY TAYLOR

Canadian Casting STUART AIKINS, C.D.C

Extras Casting	ANDREA BROWN
Casting Assistant	JENNIFER RICCHIAZZI
Canadian Casting Assistant	SEAN COSSEY
Extras Wrangler	WENDY SPOONER
Ethan Hawke's Stand-In	SCOTT BARNETT
Stand-Ins	KEN KANTYMIR
	TOMOKO SATO
Construction Coordinator	
	CHARLES LEITRANTS
Construction Foremen	DAVE CONWAY
	AL ROURKE
Labor Foremen	JOHN ANDERSON
	RICHARD DOBBIN
	DEAN WILSON
	DAVE BRAND
	DON YANKO
Head Scenic Artist	BARRY KOOTCHIN
Paint Foreman	JOHN HAMILTON
Standby Painter	CHRIS HAYWARD
Scenic Artists	JOYCE WOODS
	JAYNE MASON
	RUSSELL MASTINE
	GILLIAN RICHARDS
	LUBOR CENCAK
	TERESA KELLY
	LEE DRUMMOND-HAY
	ROBERT FOLEY
Lead Scenic Painter	GRACE ROURKE
Lead Painter	DONNA ROUSSEL
Sign Writer	JONATHAN BLACKSHAW
Scenic Painters	PETER SYSOEV
	BRENT BORROWMAN
	TED JANTZ
	CHRISTOPHER McADAM
	JAN REEVES
	ROSS DRUMMOND
	MICHAEL WATSON
	BRIAN JENNINGS
Head Greens	ERICH HEPNAR
Lead Greens	PHIL LUNT
On Set Greens	LES SAND
Transportation Coordinator	SCOTT IRVINE
Transportation Captain	RODNEY BEECH
Transportation Co-Captains	MIKE MURPHY
	DAVE MILLER
Caterer	EDIBLE PLANET
Chefs	MARILYN KOPANSKY
	LISANNE COLLETT
Craft Service	JIM RANKIN
Safety Coordinator	ROBIN MOUNSEY
Assistant Safety Coordinator	
	PAUL BERSTEIN
Tent Logistics	LOUIS GAUTIER

Sound Design	HANK CORWIN
Sound Post Production	
	SOUNDFIRM AUSTRALIA
Sound Mixers	ROGER SAVAGE
	GETHIN CREAGH
Supervising Effects Editor	JOHN PENDERS
Sound Effects Recordist	SCOTT HEYSEN
Effects Editors	ANTONY GRAY
	FRANK LIPSON
	MAUREEN RODBARD-BEAN
	DANIELLE WIESSNER
Assistant Effects Editor	DAVID C. HUGHES
Sound Assistant	ELLA FAIRBAIRN
Foley Artist	GERARD LONG
Foley Recordist and Mixer	STEVE BURGESS
Mix Assistant	ANDREW NEAL
Supervising ADR Editor	LIVIA RUZIC
ADR Assistant	NANCY TRACEY
Dialogue Editor	CRAIG CARTER
ADR Voice Casting	BARBARA HARRIS
ADR Voices	STEVE ALTERMAN
	CHARLES BARTLETT
	YOSHIO BE
	BRANDY BLUHM
	DOUG BURCH
	CHIMA
	ARIA CURZON
	JOHN DEMITA
	BRIAN DOUGHTY
	PEGGY FLOOD
	DORIS HESS
	MIKO HUGHES
	CARLYLE KING
	DAAMEN KRALL
	TAK KUBOTA
	JUNE KYOKO-LU
	CHRISTOPHER NAOKI LEE
	HANS SCHOEBER
	AKIKO SHIMA
	TOSHI TODA
	SABRIANA WIENER
	MICHAEL YAMA
Supervising Music Editor	JIM WEIDMAN
Music Editor	DAVID OLSON
Conductor	ARTIE KANE
Choir Conductor	PAUL SALAMUNOVICH
Orchestrators	BRAD DECHTER
	JEFF ATMAJIAN
	JAMES NEWTON HOWARD
Electronic Score Produced by	JIM HILL
Recorded and Mixed at	
	TODD-AO and JNH STUDIOS
Solo Cellist	RON LEONARD

Shakuhachi Soloist
BILL SHOZAN SCHULTZ
Music Contractor   SANDY DECRESCENT
Music Preparation   JO ANN KANE
MUSIC SERVICE

Camera Cranes & Dollies
CHAPMAN / LEONARD
STUDIO EQUIPMENT
Negative Cutter   GARY BURRITT
Color Timer   DAVID ARMSTRONG
Titles and Opticals
PACIFIC TITLE / MIRAGE

Post Production Sound Services Provided by
SKYWALKER SOUND
A division of Lucas Digital Ltd., LLC
Marin County, California

Re-Recording Mixers   RANDY THOM
SHAWN MURPHY
RICK KLINE
Machine Room Supervisor
RONALD G. ROUMAS
Mix Technician   KENT SPARLING
Re-Recordist   MARK PENDERGRAFT
Transfer Supervisor   JONATHAN GREBER
Digital Transfer   DEE SELBY
CHRIS BARRON

Video Services CHRISTIAN VON BURKLEO
JOHN »J.T.« TORRIJOS

FXSMITH, INC.
Toronto, Canada

Design and Coordinator   GORDON SMITH
Key Sculptor   EVAN PENNY
Sculptor   JOE VENTURA
Key Painter   JACK NIVEN
Painters   MARIANNE LOVINK
CAROLINE DE MOOY
Key Prosthetics   MIKE MAKISCHUK
RAY EVENHOUSE
Prosthetics   DAVID FOWLER
Wigs and Hair   DONNA GLIDDON
Set   ANN CLIFFORD

Washington / Los Angeles Crew

Unit Production Manager
CHARLES SKOURAS III
Second Assistant Directors
WAYNE WITHERSPOON
REBECCA STRICKLAND
Location Manager   KRISTIN DEHNERT

Second Assistant Camera   JEANNE LIPSEY
KELLY UCHIMURA
Loader   JAMIE STEPHENS
Underwater Camera   PETE ROMANO
Underwater Assistant Camera JAY HERRON
Video Assistant Technician   MARK SUVEG
Best Boy Electric   MARK HADLAND
Rigging Gaffer   TOM NEAD
Rigging Best Boy   CINDY LAGERSTROM
Key Grip   BOBBY HUBER
Best Boy Grip   JEFFREY A. JOHNSON
Dolly Grip   JEFFREY B. HOWERY
Crane Grip   JOHN W. MURPHY
Rigging Key Grip   SCOTT HILLMAN
Special Effects Coordinator
BILL ALDRIDGE
Special Effects Supervisor   GUY FARIA
Special Effects   RITCHIE RATCLIFF
Men's Wardrobe   RON LEAMON
Women's Wardrobe   SALLY ROBERTS
Makeup Artist   NADIA FELKER
Hair Stylists   ROBAIRE CHARBONNEAU
STEPHANIE KEILER
Production Coordinator
HEATHER K. MURPHY
2nd 2nd Assistant Director
JENNIFER WILKINSON
DGA Trainee   MICHELLE PARVIN
Washington Casting   PATTI KALLES
Extras Casting   BILL DANCE CASTING
Still Photographer   DAVID JAMES
Construction Coordinators   GARY DEWITT
LARS PETERSON
Construction Foremen VAUGHN MURINKO
WESLEY N. PERRY
Propmakers   MELINDA FRANK
RICK J. MYERS
STEVEN C. VOLL
Labor Foreman   JOSEPH C. KELLEY
Paint Supervisor
RODERICK K. NUNNALLY
Standby Painter   STEVEN E. EYRSE
Paint Foreman   LISA BELLERO
Greens Supervisor   RANDY MARTENS
Greens Foreman
NEIL DAVID PONTECORVO
Transportation Coordinator
KEN PETERSON
Transportation Captain
KRISTEN REDD-GINCHEREAU
Caterer   HONiE ON THE RANGE
Craft Service   TED YANENAKA

Los Angeles Tank Crew

Unit Production Manager		Best Boy Grip	RICK HERRES
	JOHN SCHOFIELD	Dolly Grip	TIMOTHY COLLINS
Second Assistant Director		Special Effects Supervisors	
	DARRELL WOODARD		MICHAEL LANTIERI
Prop Assistant	LISA SESSIONS		LOUIS LANTIERI
Leadman	WAYNE SHEPHERD	Special Effects	JOHN OSSELLO
Set Dressers	JOHN NAEHRLICH		MATHEW J. MCDONNELL
	BART C. HUBENTHAL		CHRIS WARD
Video Assistant Technician	DAVID KATZ	Costumers	DAVID FERRY
Sound Mixer	TOM BRANDAU		LINDA FOOTE
Boom Operator	ANDY ROVINS	Production Coordinator	LOIS WALKER
Cableman	WILL GETHIN-JONES	Still Photographer	RALPH NELSON
Key Grip	PHIL SLOAN	DGA Trainee	BRENT STANTON